月有山伴

刘秀玲 著

上海文艺出版社
Shanghai Literature & Art Publishing House

图书在版编目（CIP）数据

月有山伴 / 刘秀玲著. -- 上海：上海文艺出版社，
2024. --（南海潮 / 彭桐主编）. -- ISBN 978-7-5321-
9072-0

Ⅰ. I267

中国国家版本馆 CIP 数据核字第 2024VV9444 号

发 行 人：毕　胜
策 划 人：杨　婷
责任编辑：李　平　程方洁　汤思怡　韩静雯
封面设计：悟阅文化
图文制作：悟阅文化

书　　名：月有山伴
作　　者：刘秀玲
出　　版：上海世纪出版集团　上海文艺出版社
地　　址：上海市闵行区号景路 159 弄 A 座 2 楼
发　　行：上海文艺出版社发行中心发行
　　　　　上海市闵行区号景路 159 弄 A 座 2 楼 206 室　201101　www.ewen.co
印　　刷：成都市兴雅致印务有限责任公司
开　　本：880×1230　1/32
印　　张：80
字　　数：1850 千
印　　次：2024 年 7 月第 1 版　2024 年 7 月第 1 次印刷
ISBN：978-7-5321-9072-0/I.7139
定　　价：398.00 元（全 10 册）

告读者：如发现本书有质量问题请与印刷厂质量科联系　T：028-83181689

在每个人的内心世界，都有一处幽暗封闭之地，需要一弯明月，照亮幽寂，注满安详。

　　秋天，如雪的芦花立在岸边，我经常把排列无序的往事提上岸，再放入光阴的谷底。

　　芦花飞舞，世界一片洁白。

迟开的栀子花于冷风中瑟瑟发抖，我毫不犹豫地将它采摘，着实做了一回『采花大盗』。

或许这是一种救赎，把它夹在书里，作为生命另一种补偿，在一页页翻转中，它零落成骨与书互为芳香……

站在南溪湿地，眼前浮现一条奔腾不息的河流……宽阔的河水淹没眼中的荒芜，莲花般的浮冰在水面上漂浮……转瞬间载来一个生机盎然的春天。

目 录 CONTENTS

第四卷 城里的土豆

风中柴门

第一卷

花 骨

　　房间案头有一只不能盛水的工艺花瓶。玻璃制作的方形瓶体，半截镂空银灰色瓶套。瓶内装有一束白玉兰干花。后来朋友送我一把薰衣草，我随意插在里面，也变成浑然一体的干花束。

　　说来话长，我有收藏秋物的习惯，每逢秋季赏景都会带回品类繁多的花草，比如林间捡拾的枫树枝，大漠胡杨落地的叶片，水塘边的残荷、蒲棒、野蒿，还有一大朵自西藏带回风干的雪莲花。这些没有人工痕迹，完全由大自然的体温决定的"标本"汇聚在一起，别有一番情趣。枯萎中留有余香，葆有曾经盛开的魂魄，独立于一身傲骨，还有什么比它们此刻的姿势更真实的呢？

　　"一花一世界"，每一种生命都是个体，在自己的世界独自完成一生。我经常见到街角、庭院、小山上有不知名的野花，水粉，淡紫色，格外耀眼。因为众花已经谢幕，萧瑟中它们已成为风景，柔弱中的坚强令人心生怜悯。

　　家门前有一簇栀子花，七月的枝头满是花蕾，稍不留神，便盛开了。乳白色的花瓣层层叠叠坚挺厚实，抱成一朵朵白色花团，散发出沁人心脾的馨香。就这样好像无休止地次第开放，直盛开到九月底，花落后，恢复叶子的寂静。时至初冬，栀子树上竟然又冒出一朵花蕾，像襁褓中的婴儿探出头，展开花瓣、叶子，寂寞地盛开。迟开的栀子花于冷风中瑟瑟发抖，我毫不犹豫地将它采摘，着实做了一回"采花大盗"。或许这是一种救赎，把它夹在书里，作为生命另一种补偿，在一页页翻转中，它零落成骨与书互为芳香……

深秋的大地孤独寂寞。

我喜欢芦花，尤其在深秋时节，遥望四野，满目苍凉，走着走着，眼前浮现白茫茫的芦苇荡，于风中频频点头，世界仿佛突然静止，苍穹高远蔚蓝，芦花洁白浩荡。我折一支芦苇，想不到纤细的芦苇瞬间将我指尖划破，这使我感知到芦苇的疼痛。它虽然轻灵纤细却不可随意冒犯。"一苇以航，通彼远方。"苇，可以做舟渡水，载渡生命。法国作家帕斯卡尔说："人是一根会思想的芦苇。"而在我看来，芦苇也是一个个有思想的人，因为柔弱，它们抱团取暖，齐刷刷浩浩荡荡站成一片海洋。风徐徐吹来，连绵起伏的芦苇令人心潮激荡。

此刻，天已转凉，风正为冬天磨刀。深秋的最后一场雨下在哪天已记不清，却记得天降下第一场雪的时间。第一场雪是新鲜的，到处能听到雪的声音："嗬，第一场雪。"雪也是花，花骨柔软，可变成河。冬天的雪适合眯着眼仰望天空遐想，在这银色的世界，我们在长春相遇，漫步在飘雪的路上……雪花，是孩子洁白的梦，是老人在陈旧的岁月翻出的纪念册，隐藏着岁月里相似的悲苦与欢乐。雪花落在树枝上，一朵一朵地制造"千树万树梨花开"的景象。

这是一种无骨的花，奇妙的花，它装不进我的花瓶。它们来去匆匆，没有一片雪花甘愿被做成标本。

▎湿地故人

　　站在南溪湿地，眼前浮现一条奔腾不息的河流：宽阔的河水淹没眼中的荒芜，莲花般的浮冰在水面上漂浮，河水渐渐上涌，阳光细碎的光线洒在河面，熠熠生辉，因为过于耀眼，折返的景物于视野中有些模糊。

　　奔流的河水被桥一分为二，桥的另一侧游来许多水鸟。果然是"春江水暖鸭先知"。几只野鸭拨开浮冰，三五成群地从桥的另一侧游来，转瞬间载来一个生机盎然的春天。

　　顺着河岸我追赶着河水，确切地说，是追着一群群活泼欢快的野鸟。

　　比较之下，南溪湿地的其他光景收敛得静谧。同样安静的还有手持"长枪短炮"照相器材的摄影爱好者们。我钦佩他们对自然万物的了解，以及细致入微的洞察力。通常，他们埋伏在河岸的草丛间，或坐或立，弓腰，甚至单膝跪地，面向从天空俯冲而下迁徙的候鸟，将它们翅膀翻飞的一瞬摄入镜头。

　　独自徜徉在南溪湿地公园，我想起一位淡雅聪慧的女子，我们曾沿着伊通河岸相遇。

　　那是多年以前，恰逢山花烂漫时节，女人们围着一丛丛花和一棵棵树合影，花儿和女人们相拥，天空蝶飞蜂舞。

红、粉樱花缀满枝头，忽而轻轻摇曳。蓦然，透过花枝探出一张白皙姣好的面孔，她蹲在树下，调整相机的焦距，全神贯注于各种花朵。

我们都是赏花人，互相对视一眼，不约而同地笑了。

春天落在花儿里，花儿住在她的镜头里。她说："你好。我叫余渺，麻烦拉我一把好吗？"我轻轻拨开花枝，她顺势小心翼翼地从树下爬出来，喃喃地说，"还好，没碰落花瓣。"

她背起大双肩包，纤细的手指拖着长镜头照相机，两件重物在她的身前身后背着，整体好像一朵出水莲般风姿绰约。

她笑呵呵地指着太阳同我聊着光线与角度，我故作听懂的神态，随声附和，示意点头。这时，一位和她穿着同款情侣装的中年男子走来，随后他们牵着手走了，背影越拉越长，消失在葳蕤的林间小路。

我不知道太阳的光线有多远，眼中装满鲜花。

再次见到余渺，已是秋季，这是另一种巧合。

那天，我沿着南溪湿地公园徒步。伊通河水从未回头，围着城市不急不缓地流淌，摄影师们把镜头调转了方向。他们几乎把脸贴在树上，目不转睛地看，仿佛对着一场虚无。我只看见他们的侧影和参差不齐的树木，偶有褪色的叶子轻盈地打着旋儿落下来。

犹豫片刻，我走向一位女摄影师。只见她戴着一顶军绿色大檐帽子，帽子上覆一条焦糖色丝巾。秋天的落叶，稍有摩擦便夸张地响动，我控制不了脚下的声音，更担心女摄影师怨我干扰她的拍摄工作。我环顾四周，左右挪动几步。她和几位摄影师各蹲守一棵大树，不停地按动照相机快门。女摄影师推推背包，根据造型独特、典雅、实用的双肩背包，我认出了它的主人。

"是余渺吗？"

她立即转身，目光里流露出久别重逢的喜悦神情。然后，我们开始攀谈。她拿出相册，给我翻看她拍摄的一组摄影作品，南溪湿地不同季节的景物尽在其中。出于好奇，我问她趴在树上拍的是什么风景，结果谜底出乎意料，原来她在拍摄"金蝉脱壳"的整个过程。

我的目光从树梢梳理到树根，仔细观察，果然发现漆黑粗糙的树干上，挂着一只轻飘飘的蝉皮。

翌年夏日，我又来到南溪湿地。时间正当午时，太阳火辣辣地炙烤着大地。伊通河的上空飘着一只巨型风筝，蔚蓝的天空点缀几朵白云，拉着彩带的风筝映照得河水更加生动活泼。

天气燥热，整个湿地上几乎没有游客。我疾步到水上观景亭，踩着浮桥站在水中央。水波仿佛伸手可及，但见微风徐徐吹来，白鹭展翅与风起舞。水草茂密，碧绿中更显现出红、粉、紫色小花的耀眼。随着一阵脚步声，眼前出现一个面容白皙的中年男子，我认出他是余渺的伴侣。

男子走进凉亭，坐在长椅上，垂头摆弄手中的相机。我倚着栏杆顾盼着，期待余渺的到来。良久，他抬起头环顾四周，发现了我的存在。我趁机插话："余渺和您是一起的吧，她怎么没来呢？"

他说："没了，上个星期走的。"

我惊讶地张大了嘴巴。我甚至没有打听余渺离世的原因和细节，就仓皇地离开了凉亭。

走出凉亭，拐角处是一幢花溪房。白色的房子上写着一行字：

我只能爱你一生一世，可这座我种下的花园，他们的生命足够穿越宇宙，伴你永生永世。

——莫奈

回头遥望浮桥上的男子，他和余渺的花园在相机里成为永恒的定格。

▍布谷鸟的村庄

从早晨到黄昏，布谷鸟始终隐藏在村庄的上空、树丛或干草垛里，发出声声啼叫："布谷——布谷——"这声音掺入了蜜糖，把大地的心脏叫醒，把河流叫得融化了。村前的小溪刺破冰层开始流淌，泥土柔软，白桦树抽出了细小的叶片。春天已经在布谷鸟的啼叫声中降临村庄。

村庄如此寂静、荒凉，许多年轻人已经离开故乡，去城里打工谋生，这是一个时代的景观与命运的写照。哦，村庄！你再也不是海子笔下讴歌的模样。

一位老妇坐在火炕上，面向一扇窗户，窗外是绵延起伏的大山和老爷岭。她仔细地用手梳理头发，动作缓慢而迟疑，一下一下，仿佛在梳理流逝的时光。我只看到她的背影，却不知她的眼睛里装的既不是窗户，也不是山岭，而是镜子里苍老的面孔。她专注地凝视自己，很久很久，连风吹门的响动都没察觉，甚至一个手提礼物的陌生人站在她的身边，她都没看到——这个静止的人生暮年的画面让我微微震惊。

简陋空旷的三间瓦房立在白桦林边，除了一铺大炕比较抢眼，就是厨房里的一口大锅。她身边放着一个蓝色小花布包，里面装满了衣物。

假如这是一张年轻的脸，就会营造出另一种氛围，仿佛乡下媳妇在梳妆打扮，喜气洋洋地登上屋外的毛驴车，准备回娘家与亲人团聚。

但眼前的场景却不是这样。准确地说，她是丁木的母亲，当年美丽的容貌早已定格在我儿时的记忆里，如今她老了，她当年的形象我只能从沧桑岁月的皱纹里去搜寻。

没想到，她突然眼睛一亮，认出我，一脸惊愕的样子。她好像从某种意境中走出来，又顿然恢复了慌乱的神态。我走上前去，握住她骨瘦如柴的手。

她是个哑女，一辈子都用手势表达她的心声。她推开一扇窗，觉得不妥，又回头指向身后的那扇门，她知道我手里提的东西很重，也知道是送给她的，她热情地招呼着，嘴里发出一种久违的且又十分熟悉的声音。我推开门，看到隔壁房间有一个冰柜，冰柜上面的墙上挂着相框，横七竖八地摆放着一些照片。她打开冰柜，比比画画地告诉我里面有肉，又提起油桶告诉我，桶里有油，然后咧开嘴笑着，比画一对年轻人的照片，像是结婚照——一个姑娘穿着婚纱，倚在西装革履的小伙子怀里。小伙子那副严肃的表情，让我一眼认出他是我的小学同学丁木。哑女满脸微笑，反复比画动作。这是女人的天性，一位母亲无论什么时候都会散发出她善良的品质。看得出，这张照片的内容与存在，对于她是多么幸福的宽慰。

推开房门，窗外阳光和煦。布谷鸟不知在哪儿，它依旧在断断续续地啼叫，打破村庄的寂静，把整个村庄叫得很有动感。我想起儿时，春天一到，村街上人欢马叫，人们纷纷钻出茅舍，老爷岭上的雪开始融化，冰凌花顶着残雪，吐出新芽。

哑女跟在我的身后，突然停下，指向老爷岭，然后指指自己的眼睛，用口水粘在眼角比画着，又哇哇两声。我懂了，她是在说她的丈夫已经故去，埋在对面的老爷岭下。我的心里猛地抽搐了一下，似乎触动某个神经，忍不住溢出泪水。

想起儿时，想起丁木。

丁木住在农家大院，乡下的大院是一些房子围成的圆形，中间是院子。我很害怕大院里的两幢老房子，一幢是对着院中心的，属阴面。阳光早早地收起光线，无法再照到它的窗户，但是它的窗户除了冬季，多数日子都是开着的。窗子里探出一个脑袋，呆呆地向外张望，那是老秦太太苍老的面容。她头上顶着发髻，面色暗黄，裹着小脚，盘腿而坐，总是一个姿势向外张望。最使我忍不住胡思乱想的是她那件鲜红的偏襟棉袄，她凹陷的双眼，满脸褶皱，噘着小嘴一颗牙齿都没有，我不敢抬头看，又总是想看，每瞅她一眼都会得到她与我相视的回应。她的身影经常出现在我的梦中，每一次都让我惊恐不已。另一幢房子在老秦家隔壁。这座房子矮小，是一座几乎要趴下的茅草屋，房间里经常能听到女人的哭声，偶尔还有男人的打骂声，或者两个男人的吵架声，或者一个小孩子的哭声。由于窗前和屋顶的茅草掩盖，玻璃又很脏，我看不到里面发生什么，又总忍不住好奇地踮起脚尖向内张望，然后心砰砰乱跳，慌乱地逃开。私下里我常常幻想，那座房子一定是魔鬼的小屋。

直到有一天，房间里走出一个小男孩，身体孱弱，面色苍白。他站在那没多久，走出一位白白净净的女人，手里提着衣服，哇哇地叫着，拉起小男孩，麻利地把衣服套在小男孩身上，示意小男孩同她进屋。紧接着，房间里又出来一位年轻的男人，高高的个子，英俊的脸庞，双手扶墙或者探路，慢慢前移，这时我才看清楚，他是一个盲人。他在摸索着寻找一把镰刀，不知想做什么。又有一个老头弯着腰走出来，牵着那个小男孩的手进屋了。这么小小的茅草房住着祖孙三代，还有一位母亲。终于明白，这里并不可怕。这不是魔鬼驻地，这只是一个失去生活能力的家庭。

春天在日夜兼程地赶路。

每一声风的喘息里都有花朵的香味。

有些地表上的植物是候鸟从异乡衔来的种子，有些植物因微软的风而生长，有些叶子在延展中丢失了自己的梦。

而村庄里的人也在时光中改变着容颜。

丁木和我是同桌，班主任叫杨春花，是一位大约十七八岁模样的姑娘。那时我上小学一年级，杨老师对丁木格外关照，课堂上经常提问他。平时发的新书，用的铅笔、课本，甚至书包他都不用花钱。杨春花老师在班级上对丁木说："你的书本不要钱了，好好学习吧！"随手还要多发给他一个演草本。

老师经常给他回答问题的机会，如果某个问题我知道答案，丁木也举手，我很清楚杨老师一定会提问他，然后我就会偷偷地用手拧他的胳膊，或者在课桌下踩他的脚。他疼得皱眉，放下手，但不吭声。后来养成习惯，只要我举手回答问题，他就放下半举半落的手，表示把机会让给我。我很嫉妒老师对他的特殊关照，也不知道为什么老师偏偏不收他的任何费用，曾想杨老师一定是丁木的亲戚，或者杨老师是用公款假公济私，假装好心接济穷人。

多年以后，我才知道老师是用自己的工资在接济丁木，有时工资不够，甚至会回家求她父母帮助给予补贴，来扶持丁木读书。

丁木很少说话，因为课间休息时同学们都取笑他："你是瞎子爸爸、哑巴妈妈的儿子。"有的男同学跳脚拍手说:"小哑巴是你妈,瞎丁子是你爸。"身边还有许多孩子一同起哄。

丁木折叠瘦弱的身体,趴在课桌上。

丁木很无助,风在扯一群孩子的衣裳,一群孩子在追赶丁木。丁木需要爷爷保护,他跑到家门口喊:"爷爷。"爷爷是久经战场的老兵,中华人民共和国成立后回到家乡耕田种地。爷爷经历过战场的生死,他什么都不怕,只怕岁月摧残他的年华,他久病成疾,终于挺不住疼痛自缢离世。

丁木止步,院子里许多人在给他爷爷做棺木,他爷爷躺在那,再也不能站起来保护丁木了。

丁木长大后,离开布谷鸟的村庄,布谷鸟依旧啼叫。

远山如黛,老爷岭上的白桦树林在春天发出低低的大提琴般的吟唱。

追风的孩子不再追风,他们也如丁木一样,背负打工的希望,离开村庄。

丁木的母亲遥望远山,远山不远,就在布谷鸟啼叫的村庄。远山像一本天书。看不透的沧桑,读不完的渺茫。

更有一些野花野草和布谷鸟一样,陪伴着村里的人共同成长。

春已至,脚步渐深。布谷鸟不再欢叫,它在聆听,聆听丁木母亲的脚步,如残雪里的枯叶,没有一丝风可吹起粘在黄土与残雪中的叶片。她在暮年里行走,怀揣美好的愿望和企盼。她指向远山,远山重叠,满是葱茏,老爷岭已经绿透了。她指向虚无,而谁都不知道这些虚无的尽头。只有布谷鸟知道,布谷鸟隐在空中,隐在草丛里,隐在村头水塘边的干草垛里,像丁木的父亲隐在泥土里。草色青青,万木葱茏,丁木父亲离世的消息,只有布谷鸟知道，也只有丁木母亲把这件事牢牢地钉在心上。

布谷鸟用许多叶子围拢自己，有些美好可以走访，有些时光需要选择遗忘。

秋山熟客

　　未觉天凉便有落叶忽而飘过。起初以为树叶有意背离参天大树想要漂泊，渐渐"漂泊"的队伍浩浩荡荡，方才感到时间飞逝秋意渐浓。

　　雁阵在湛蓝的天空下飞翔，余音缭绕。果实在清爽的空气中流动甜美的芳香。

　　河水平缓，蝉声消退，一切似乎恢复宁静。秋天束紧腰身，大地的骨骼更加硬朗，风跑着龙套，却无藏身之处，稻谷低垂，黄豆深深弯下腰，举着头颅的高粱穗，子粒饱满。更多的收获走在归仓的路上。

　　我喜欢山川河流，喜欢看自然万物在阳光照耀下的姿势。人与自然相处虽然没有语言上的交流，你站在那会感知，"此时无声胜有声"。它们用肢体语言告诉你，它们就是大自然；它们是花朵，是河流，是森林，是准时播报四季分明的石英钟。它们有时沉睡，有时苏醒，在冬天它们会满头白发。在秋天它们热情奔放地燃烧自己，把自己烧成墨绿，金黄，火红……

　　我喜欢秋天发挥到极致的色彩，喜欢树叶脱离树枝那一刻飞旋的样子，既唯美又令人心生怜悯。哗啦啦，秋风又多了一份清扫落叶的闲事。街角小巷堆满扫不完的落叶，平地凸起状如小山、梯田、阁楼似的新生景物，它们如风一样炫舞，扑簌簌落在地上，被车轮卷起，又毫发未损般飞落。

为看红叶，我独自赶往遥远而陌生的小镇。准确的说：也是为了与路上的亲人汇合看枫叶如何抱团取暖。恰逢十月，秋深日短，斜阳像一团火在车窗和倒车镜之间跳动，清秋并不清冷，落日散发着迷人温暖的气息。夜幕降临前，我看见爬山虎绿、黄、红三种斑驳颜色交织在一起，弯曲柔软的藤蔓覆在岩石上，不知它们用多长的时间才爬上高大的岩石，走进深秋。秋天的小山层林尽染。一朵朵白云在山巅流动，林峰飒爽。

这天有缘遇上一位采药人，他是土生土长大山里长大的孩子，几十年如一日上山下山采集药材，不知不觉他已成为山中熟客。山中珍品他了如指掌，他诙谐的说："山上的野果子，野菜在什么位置我都知道，想吃就去那里取。"他惟妙惟肖地学野鸟鸣啼。他说山上的药材种类数不胜数，有的药材必须经过秋天霜侵后才可以采摘，比如：桑叶。他喜欢观察动物，大到老虎、熊、小到一只蝴蝶。他说他亲自观察到蝴蝶从生到死只有三天时间。这些弥足珍贵的见闻已经成为采药人所遇的生活常态。

进入森林仿佛走入迷宫，抬头只见一线天，高耸的树木相互交叉宛如多彩的天幕，置身其中内心涌起莫名的欢喜。正如刘禹锡的诗句："山明水净夜来霜，数树深红出浅黄。"走着走着，迎面潮涌般扑来红色浪潮，大片枫树林相互摇曳招手，每一次点头都赠与大地数片红叶，枫红铺在大地长在树上炫彩夺目。

有山的地方常常能见到枫树，有树的地方不一定就是山，比如：在长春这座被誉为森林城市里，不必花费太多时间，就会获取一场视觉盛宴，就可以领略林间美好风光。走在城中，也是走在林中，到处是大大小小不同种类的树木，叶子如彩色的蝴蝶起起落落，纷纷栖息于路旁或有轨电车两侧，树叶纷飞起舞，电车慢慢悠悠地摇晃，一个疾飞一个慢跑，把那金色的林带化成更为美丽的风景线。

秋天是成熟的季节，秋天是浪漫的季节。"春种一粒粟，秋收万颗子。"秋天常常令人感慨，使人陷入沉思……

风中柴门

陌生人用金钱换走一把钥匙，合上老屋的木柴门，仿佛关掉了我的前半生。

走过那条熟悉的老街，路边的白杨不再触手可及，长长的叶子遮住我习惯的一瞥，但我知道白杨树的身后一定站着一群年轻的女人。临近黄昏，她们在等候放学的孩子回家。

曾听母亲说，我们家经历过许多颠沛流离的生活，借住过许多房子，搬过许多次家，从故乡的村落到陌生的小镇，从荒野到丛林，留下一辆马车的车辙，马车里装满了七零八落的家具。

父亲的一生大起大落，商场官场战场他都是曾经的佼佼者，一场风暴，改变他的命运轨迹。

父亲遭遇变动，使我们的家开始漫长的迁徙。鲁迅先生在《呐喊》自序中曾写过这样一句话："有谁从小康人家而坠入困顿的么，我以为在这途中，大概可以看见世人的真面目。"打记事起，我因家庭的困顿而看到过许多"真面目"。那时，看的更多的是母亲为从邻居家借一箪食，一勺米的愁苦表情。这深深地影响了我的生命，让我变得性格内向，至今喜欢独处。

母亲在老年时常唠叨，在哪幢房子里住时，家里发生什么事。而在我的印象中，我们家住过太多的房子，全部都是寄居，没有一幢房子是属于我们家的。

那年夏天，雨水格外稠密，我们又要搬家了，午后的天空灰蒙蒙的，没有一片云彩。遥远的山路泥泞崎岖，时近黄昏又下起了瓢泼大雨，萤火虫似的车灯，拖着笨拙的身体摇晃前行，远处山涧流水伴着雨水汇入那条河。河水涨起来了，漫至桥面，窄窄的小路只可通过一辆车。沿着风雨交加的泥泞路，父母带着我们姐弟八个，人人屏住呼吸，与这辆车一同行进在狭长的道路上。车身像我们全家的命运一样颠簸摇摆，风雨呼啸着击打车篷。卡车的四轮吃力地向前行，车轮刚刚驶过对岸，只听轰隆一声，简陋的木桥断裂了。我们与死神擦肩而过。

在时间与苦难的夹缝中，我们的生命顽强生长。到了十来岁的年龄，我们家终于有了一幢自己的小屋，宽敞的庭院，两间干净的草房，门前的篱笆筑成长廊，走出长廊便会看到一座山的剪影。大山下一棵老树是那么神秘，每到花开季节，长满荒草的小路在黑暗中越发明亮。

秋季来临，姐姐会采些山梨，放在木箱里。原本装衣服的箱子，因为没有那么多衣物可装便装了米。装米的箱子，穷得没有了米，临时派上用场，装上山梨。每逢睡前都想掀开箱子闻一闻，这甜甜的味道，越过母亲的奶香直到天明。

每到年末，姐姐们数着指头盼新年。新年一到，母亲将报纸和读过的旧书铺展开，一张张拼接，用浆糊贴在墙上。当房间从墙体到屋顶贴满纸张后，灯光仿佛从昏暗中"忽地"亮起来。此时我们兴奋得彻夜难眠，相互猜测指认墙面和棚顶上的文字，一人读一人找那文字的准确位置，在长夜寒冷的冬天里，以文字取暖欢度又一个新年的到来。

那座乡下的草屋啊，承载着我们幼年的全部欢乐，也承载着父母那度日如年的种种辛酸和过往。

后来，我们进城，母亲与哥哥住在一起。钢筋水泥建起的楼房高大且冷清，母亲踩着软软的地毯踱来踱去，总是不习惯城里的生活。每天，母亲都有一刻定点时光，是她安静地伏在窗前，透过一扇窗的距离望着儿子下班回家的身影。就这样，她反复看了多年。

然而，天有不测风云，哥哥突发重病成了植物人。这一躺三年过去，在母亲的家里，在那间老屋，幸福和梦想被现实打碎，老屋演绎着悲伤，是白发苍苍的母亲为她儿子的哭泣，是岁月改变物是人非。最后哥哥在那个母亲数弄着钟表的房间里离世。母亲依旧坐在老屋里看窗外，四季更迭冬去春来，窗外再也没有她的期盼。

一年之后，为了让母亲忘掉悲伤，姐妹们集资给母亲换了一处新居。每到周末，孩子们在那里聚集，厨房客厅或坐或立着老老少少的几代人，制造温暖的画面。

夜幕降临如鸟雀归巢，我们都各自寻自己的家。但最好的巢穴，是回荡有母亲话语的屋舍。

那时，我在喧嚣的角落经营生活，母亲偶尔来家做客，她知道我日子的窘迫，略有所思地说："烙几张春饼吧，正月十六翻翻身。"笨拙的我烙了几张饼，母亲满脸笑容地说好吃。先生将饼掰成一条对着跷起脚丫的小宝说："儿子，你看，你妈妈做的'尚方宝剑'。"母亲笑出了声，我想即使春饼不够香软，亲人的笑声也能融化了整个冬天。

多年后，生命依旧在披星戴月地赶路，日子在无声无息中流逝。过往的老屋里装过心酸，装过欢乐，装过爱情，装过日子的烟火。

而今天，老屋的钥匙被别人拿走了。推开斑驳的门扉，老屋的院落遍布往事的荒草，并且越长越高。独留下失落的我，在今夜背靠一盏灯的光线，听雨打浮萍。

| 小人物

老黑是一家烧烤店的服务员，离婚多年领着女儿过日子。老黑又瘦又小，瘦得像根刺，干巴得抓到手里挤不出水。她嗜烟如命，薄薄的嘴唇辨不清是心脏的问题，还是抽烟造成黑紫色。她夹烟的两根指头被烟熏成灰黑色，很少能看到她说话的眼神，多变的表情基本都泡在烟雾里。

她所在商铺与可欣的商铺为邻，只一墙之隔。准确地说她们之间只隔着一层铁皮墙，有事敲敲铁皮即可传达。近得胳膊肘一伸即可摸到隔壁的窗口。

可欣听说烧烤赚钱，托人租到这间不足二十平方米的铁棚。铁棚靠商场外墙搭建，连续七个档口，统一用油漆刷成蓝色。有的门像猫洞，需要弯腰钻；有的门为敞开式，细细的一扇，不必低头，推门即进。

可欣的商铺就有一扇细细的铁门，进出比较方便。

可欣请来一个中年妇女帮忙，那个女人皮肤白皙，天生一副笑面，说话做事干脆利落。她说她是公交公司的售票员，因为孩子小没人哄，就离职在家待了好几年。她言谈举止特别机灵，高大肥胖的身体一点都不笨拙。她拿起一根哈尔滨红肠穿上一支方便筷子，用壁纸刀自上而下环绕着把香肠割一圈小口，再打开铁制内胆具有加热管的简易铁皮油箱，把红肠扔进去，"哗"的一声香肠就被炸成一束鲜花似的。随即她麻利地把香肠从油箱里拿出来，放在方盘里滚一圈孜然芝麻，满面笑容地说："你尝尝，刚才我挨家看，他们都是这么做的。"可欣看外观和别人家的一样，会心地笑了。胖姐年龄比可欣大，个子也比可欣高，她和可欣交流的时候，经常流露出温柔疼爱的目光。可欣称呼她胖姐，她称呼可欣为"我的小欣欣"。小店不大却忙得风风火火，要买的东西零零散散，可欣跑来跑去，手忙脚乱地购置开业必需品。

老黑像根柴火棍从档口里钻出来，稀疏的头发被风吹得鸟窝般凌乱，一根茅草小辫子，毫无耐心地拧成个麻花辫垂在肩上，腿站在自家档口位置，半个身体倾斜靠在可欣店的档口，嘴里的烟云雾缭绕。她踮起脚，头部靠近商品，瞬间，一溜烟似地跑了。可欣忙着穿串，用余光瞟她一眼，没来得及说话，抬头看老黑已经走远了。

忽然，声音越来越近，老黑又回来了。她鬼鬼祟祟唤来一伙人朝可欣档口方向跑："快来吧，快来吧。看她家把鱿鱼脑袋屁股都穿在了一个签子上。"

可欣是最后开业的新来户。这边连排档口卖的是同样商品——油炸串。每天早晨把两扇窗户卸下来。银色方盘向外倾斜，底部垫高，方盘里陈列香肠，各种品类肉串，菜串，鱿鱼。

有关部门要求售卖窗口前的工作人员必须穿白大褂，胸前别健康证，头上系白色方巾。于是售卖窗口探出一排扎着白色方巾的女人，像群小鸭子向外张望。

可欣并不懂餐饮制作，只是效仿摸索着干。

连续几日可欣成了这一带烧烤业的焦点人物。只要开门营业，眼前就会呼啦啦站一群穿着工装的女人。她们是各个商铺的老板或服务员，看上去都比可欣成熟老练。她们以不同的姿势站着，有叉腰的、有跷脚的、有眯着眼笑的，还有交头接耳窃窃私语的，目光里流露出轻蔑、鄙夷、狡诈、诡秘的神色。

可馨热情地招呼："我这新开业的请多关照。还没来得及看大家呢，以后都是朋友，快请进来。"

"不用了，同行是冤家哪来朋友？"隔壁老板也跑出来，站在那里阴阳怪气地说。老黑眼皮向上翻，歪着头吸口烟，撇撇嘴，哼着小曲走了。不知哪个女人又冒出一句："没有弯弯肚，别吃镰刀头。跑这来逗啥能？来和俺们搞竞争啊？……"

人群渐渐散去。城市的太阳不知从哪个方向升起来，暖洋洋地照在新鲜的肉串上。临近中午顾客越来越多，可欣只要面对顾客就满面笑容。胖姐笑更灿烂。

她俩精心调制配料，保持食材新鲜，卫生干净。

老黑天天板着脸，叼着烟，鸟爪似的手指握着竹夹子，在油箱里晃来晃去。一旦吸烟动作停下，嘴腾出空就会大声叫卖，或丢给顾客鄙视的眼神说："买不起就别看。"

可欣的档口常有顾客断断续续来往，而其他家店空档时多，这使老黑有些不解。老黑从小门钻出来，跷脚甚至半截身体快爬进可欣的店铺，小眼睛滴溜溜地转。这么小的店狭窄且简单，有什么异样，凭她怎么看也看不出端倪。

老黑拉着脸，把身体缩回去，点支烟又靠在可欣档口。

她突然好像又明白什么似的，跑到别的档口嘀咕一会儿又回来，掐灭指尖的烟说："跟你说，你也不会做生意，咋胳膊肘往外拐呢？你这么穿鱿鱼能赚几个钱？你得把鱿鱼分成三部分三等价格：鱼头、鱼片、鱿鱼须子，鱼头贵，鱿鱼须子第二贵，鱿鱼片便宜。不用进那么大的鱿鱼，成本高。弄小的鱿鱼，串也穿小点，那才来钱呢。"

她依着窗口点燃一支烟，干瘦的胳臂指向胖姐："哎，那油锅天天清它嘎哈，多费油，放里闷着呗。啥都得算计才出钱。"接着"啧啧"两声一溜烟又钻回她的档口。

可欣把鱿鱼重新穿一遍，发现归类后看着顺眼，但是原材料和价格仍旧不变，保持平价。

小城戴个厨师帽趴到可欣窗口有一搭没一搭地聊着。可欣说："来了好几次，都不知道你是谁家的。"小城笑着说："别管谁家的，过几天你就看不到我了。"可欣问："为什么？"他无精打采的眼神流露出失意的神色："不干了呗。"

小城是一家小吃店的厨师。他和老板娘发生矛盾，每次惹老板娘生气都会被罚。老板娘对待员工的口头禅是："告诉你惹恼了老子不给你开支。"现实中她也是这么做的，她家员工每月能开满工资的人很少。尤其临近开支日期，她会找出各种理由克扣工资奖金。贴招聘启事时，她的招聘工资奖金待遇比同行业的都高，结果却从不兑现。她家为了保持小吃口味不变，轻易不会辞掉厨师，但是服务员却频繁地换。用丰厚的薪资待遇招来服务员，谈条件时，首先要求试用期一个月，规定一个月内双方都有权提出离职或辞退，一个月内走人没佣金，超出一个月试用期，薪资不变。多数应聘者爽快地答应，但常常都是开心地入职流着眼泪离开。基本每接近一个月都会辞退一两个服务员，理由很简单：工作能力、工作状态未达标。如果实在找不到具体理由，工作的服务员很优秀，很努力，无可挑剔，那就使用一个最毒计策。临近开支日期，把店里贵重的物品拿走，回头调查，栽赃这个新来的服务员，以此为借口扣留工资。

小城发现老板娘尽干些不道德的事，私下里告诉了他的同事，却不小心被老板娘知道了。老板娘天天给他穿小鞋，莫名其妙和他发脾气。他预感自己被辞退的日子也快到了，其实即使不被辞退他也不想在这继续干了。他想把老板娘家卖得最好的煎粉配方偷偷告诉可欣，以此泄愤。

小城等到天黑店里即将打样时，偷偷跑到可欣店铺，写下秘方，又实际操作教给胖姐和可欣煎粉制作流程。第二天他就离职了，此后可欣再也没见到这个叫小城的男孩。

自从可欣煎粉上市，生意火得队伍排成长龙。

于是，店里又增加了一个服务员。新来的眼镜姐年近三十，小个子，圆脸。与人交流喜欢仰脖并习惯性地向上推推眼镜。据说她离婚多年后刚结婚，找了个卖棉花糖的老头。

她这份工作是她卖棉花糖的老公帮找的。

眼镜姐爱出汗，胖胖的小脸红扑扑的。她很健谈，每天嘴里不停地唠叨。吃一碗炒粉也得自言自语说很多话："加点酱油，加点香菜末，加点盐。嘿，盐加得少，再添点……"可欣环顾四周一个顾客都没有，问她在做什么。她说早晨没吃饭，在给自己弄吃的。冬天天气特别冷，呼出口气，老天都能给你染成白睫毛。但烧烤店里却没有采暖设施。

可欣在铁棚靠墙部位搭了一块供少数人休息的木板，代替桌子，又买了几个凳子摆在木板旁。

一位女士背过身，面朝墙吃煎粉，边吃边说："你家墙上的鱿鱼怎么卖？"可欣回转身看到冻得坚硬的墙面上的一层霜，在太阳照射下闪闪发光，墙的右下角斜贴着一张乳白色的鱿鱼片。可欣告诉顾客价格和展柜上的一样，边说边吃力地把它拿下来，咯咯地笑。

这是眼镜姐的"杰作"，她不小心把鱿鱼片贴在了墙上。眼镜姐高度近视，透过厚厚的镜片，一双鼓鼓的大眼睛，经常看错人做错事。一次她经过自行车棚去库里取食材，当时是早晨，天微亮，车棚里较黑。恰巧一个男人走过来，把自行车停放在车棚下，回转身刚要走，眼镜姐马上喊："哎，这里灯在哪？你给我打开。"男人没理他，继续走。她小声嘀咕："不吱声，聋啊。"说别的男人没在意，骂人的话惹得男人不开心。他回转身问："你是谁家服务员？"眼镜姐说："咋的？犯错误吗？我是一号烧烤店家服务员。你报仇吧。"

下午，可欣收到商场业务处电话，指名让辞掉眼镜姐。眼镜姐特别珍惜这份工作，舍不得走，坐那痛哭流涕。可欣说："语言是行动的工具。你也有毛病，要不然你上楼去给那个业务处长赔个礼吧。"

眼镜姐咧着嘴，一副啼笑皆非的样子回来说："他原谅我了，我可以留下工作了。"说完拭去脸上残留的泪花，继续烤串，炒粉，面朝窗外看他卖棉花糖的老公。

眼镜姐的服务特别好，有时顾客买完肉串推门已经走了，她仍旧撵出去补上一句："来哈。"弄得顾客愣怔地回头瞅瞅她。

眼镜姐经常炸肉串时尖叫："不好啦，不好啦，胖子快来，我的眼镜上霜，这串串掉油锅捞不出来了，看不见哈。"胖姐马上去帮忙。

眼镜姐老公站在远处摇棉花糖，偶尔回头眺望眼镜姐的身影，甜甜地笑了。

她守着电制铁皮油锅，边穿串边招待顾客，动作灵敏娴熟。她用小刀把红肠割成花瓣，放到油锅炸好，滚上芝麻孜然递给顾客……天气越冷棉花糖卖得越好，眼镜哥背对着眼镜姐，机器欢快地响动，哗啦啦中间一个康乐果外边一丝丝缠绕卷起雪白的棉花糖。小朋友举着跑来跑去，像举起一团白云。

眼镜姐站在窗口看他先生制作一堆雪白的棉花糖，欣然地笑了。无论有人无人，她开心时都会仰起短粗、雪白的脖颈高歌："郎君呀你是不是饿得慌，如果你饿得慌对我十娘讲……"眼镜姐给可欣和胖姐增添无限欢乐。可欣的生意红火得令周边人既羡慕又嫉妒。

某天胖姐开完工资后突然失踪，可欣怎么都联系不上。

半月后，胖姐意外出现在可欣面前。更出乎意料的是，胖姐自己支起露天炉灶，在可欣对面卖煎粉。

可欣若无其事地忙着，偶尔抬头瞥一眼胖姐，胖姐回避可欣的眼神，有意把脸转向一边，装作没看见。她和一个男人推个手推车，车里装着煤气罐、一次性小碗以及各种与煎粉相关的用具。

老黑从档口钻出来，眼神诡秘地笑着说："就这样你还不去扇她耳光，把她小摊砸了？"可欣只是呵呵地笑。她复杂的表情也是在笑自己店里煎粉的来路……老黑又跑到胖姐那站一会儿，不知嘀咕啥。胖姐和她爱人只是站着，冷清清地站着，没人肯停下吃他们的煎粉，毕竟可欣这商铺整体看着比较抢眼，走在马路对面就能看到这一排蓝色的小屋……

杜燕说是胖姐她爱人突然被裁员下岗，胖姐没出路才想出这个辙，结果他们仅有的一点积蓄也赔进去了。胖姐找可欣的好朋友杜燕帮她说情，说自己还想回来上班。

可欣答应了。毕竟曾经在一起相处得和谐，毕竟胖姐也有她的难处。

胖姐站在门外左手搭在右手上，两只手相互安慰，不知所措地低下头。可欣说想她了，胖姐不好意思地唤可欣一声"小欣欣"。

每到下午，那些老板娘们都不约而同搬出板凳钻出档口，出来坐着聊天晒太阳。她们相互抱怨："生意越来越不好做。"聊着聊着还时不时地抬头瞥一眼可欣的档口。可欣始终在忙碌，来的客人走一圈最后都会像觅食的鸟儿一样落在可欣的窗前。

老板娘们也没办法，只好呆呆地瞅着。

她们又聚在门前，交头接耳好像谈论着什么。

老黑敲敲可欣的窗口说："走哇，咱们一起去找商场，让商场给咱们降租金，不降咱们就起哄，集体搬走，让他招不上商。"可欣忙着招待顾客，没理她。老黑说："真的挺不下去了，都赔啥样了，交不起租金了。快走，别起幺蛾子，就差你一家。"可欣说："谁不干我接着。"老黑深紫色的嘴唇又翻起来："啧啧，吹牛皮，你能要起呀？"说完瘦小的身躯风似地飘走了。

不久，可欣把五家商铺陆续兑到手。当她一张一张接下窗口上面贴有"转租"或"出兑"字样的白纸黑字时，老黑都会从档口把脖子伸得很长，两只手搬着窗户框，似乎想说什么，吸一口烟又咽回去。

可欣想把这些档口打开，做规模大一些的快餐，取名"七味居"。

可欣和老黑的老板娘盘点库存，做完交接，把自己多余的电风扇送到隔壁。老黑拍拍衣服走出来，半支烟夹在耳后，头也不回地走了，她走得越来越远，影子像薄纸般贴着地面。

| 寻找金枝

　　进入十月，渐有寒气。地上覆一层薄霜，草木束紧腰身，阳光照射万物，金光闪闪，即便干枯的半截木棍也披上银装。从土地到小山，所有的果实都已收仓，到处光秃秃的。母亲留给哥哥的山梨，挖浅浅的坑盖着蒿草，冰凉的空气流动一股清香。姐姐系上花头巾，顺手在幔杆上拽给我一条头巾。我不知道她要做什么，系上头巾跟在她身后跑。

　　太阳已落，接近小山，周边万籁俱寂，葡萄藤死死地缠在葡萄架上，它们倾其一生孕育的果实，被大小车辆扛下山岗。横七竖八的木制葡萄架，像一排排没有门窗的厂房，裸露的框架四处漏风。我缩着手看姐姐，姐姐怕我丢，她挎着竹筐边走边喊我。半山坡的果园和葡萄架已枯萎，望不到边。姐姐像啄木鸟似的翻找每一块木头，掀开每一条枯藤，趴在叶子下看。她踮着脚，三角形的印花围巾裹在脸上像一只花骨朵。她一会儿立在葡萄架下，一会儿把头探出葡萄藤。我慢悠悠地走，终于知道了她的秘密，她想找被遗留下来的葡萄。

　　我的心像一枚卷起寒风的枯叶，有些倦怠，不期望藤下有什么果实。

　　远远地用余光看着她。小山又吹来一阵风，空旷的原野，只有我们俩。我使劲地瞪着太阳，希望它赶快落山，姐姐可以带我回家。

姐姐大声喊我的乳名，叫我靠近她。我跑几步发现有一条大黄狗在我身后。那狗的个子快有我高，姐姐抱紧我，我突然绷紧神经，料想危险来临。我们俩同时目视狗的眼睛，狗没叫，也没有想攻击我们。姐姐把我推到她身后，我们也像枯藤似的趴在葡萄架其中一个格子里。那条大狗摇摇尾巴走了。姐姐牵着我的手，她的手心已攥满汗。

我们并肩走着，这时我才发现姐姐的小筐里已经装了好几串紫葡萄。

我也学姐姐的样子顺着葡萄架翻找，却每次都扑空。长长的葡萄架像一幢空房子，连个苍蝇蚊子都没有。我垂下手放慢脚步，这时我看到姐姐在我对面的葡萄架下，举起小剪刀指向枯黄的叶子，叶子抱着一串饱满的紫葡萄。淡淡的夕阳洒在山坡，葡萄架仿佛也饱满起来。

枯草贴满地皮，显然无法辨别果树曾经结了多少果实。我仰起头，看那些凋零的树，有的叶子几乎要掉下来，叶尖挂在树干上，仿佛风一拍就下来，可它就悬在那不肯零落。

赤裸裸的冬天，只有炉火和广播是温暖的。我喜欢趴在广播前听故事。记忆最深的是有个儿童故事栏目，"嗒嘀嗒、嗒嘀嗒，小喇叭向你广播啦"。一个稚嫩的孩子声音伴随着一个老者的声音从广播里传出来，"小朋友我给你们讲个故事，一只苹果特别活泼可爱，人见人夸。夸得它羞红了脸。下面的果子随风摆动，为它喝彩。转眼秋天到来，满树大大的苹果，都涨红了脸，看起来和树尖上那只苹果一个模样。树下的苹果高兴地说：'明天有人来接我们下山，我们可以走了。'树尖上的苹果骄傲地说：'我这么高贵谁都别想摘我。哼，我才不走呢。'第二天果农上山采摘，所有的苹果都牵着果农的手下山了，只有那只苹果孤零零地站在树梢。夜晚狂风呼啸，寒霜降临，那枚苹果冻得站不住，从树上掉下落在了草间。日复一日，它的水分被渐渐抽干，转眼大苹果变成了小石头似的小苹果，满脸褶皱。那只苹果奄奄一息，苦着脸说：'都是我骄傲、不合群才造成了今天的后果，我想念我的小伙伴……'"

这个故事深深刻在我的脑海中。走过葡萄园，站在苹果树下，我想多停留片刻，看树上草丛里有没有一枚被遗落的果实。

落日的光线一点点微弱，星星洒满夜空。我们走在羊肠小路，小村忽闪着点点灯光。

那天，我的睡梦中都是晃动的葡萄，我大喊姐姐，直到把身边的母亲喊醒。母亲把我抱到怀里拍拍我又睡了。

第二天，我还想跟姐姐去果园。姐姐眺望窗外，努努嘴示意。我看见窗台飘起了漫天雪花。曼妙的雪花在半空旋转，轻盈地落在每个角落。刹那间，童话般的世界展现在眼前。木栅栏上落了一只苍鹰。几只野鸡也像雪花似的，轻盈地落在雪地上，它们下来觅食，野鸡小小的爪痕浮在雪上像片片竹叶。它们从脖颈到身上都长满了彩色绚丽的羽毛，长长的尾巴随风雪摆动。

我们悄悄地观望，直到它们飞走。

姐姐又系上花围巾，给我戴上手套。我们跳过沟渠，走向洼地。雪深没过膝盖，我拔出一条腿，另一条腿又陷进去。每一步都特别艰难。姐姐的脚步也很慢，她累得快趴在雪地上了。我们俩相互笑了。姐姐仰头舔舔雪花，我也张口面向天空，雪花的味道水一样清淡，飘飘洒洒落在帽子和睫毛上。我们也像雪孩子一样。

走着走着，我躺在了雪地里。雪地上即刻复印出了一个小小的我。"雪太深，我不想走了。"姐姐说："马上到了。"

我骨碌一下爬起来。小刀似的豆角，干巴巴地挂在豆角架上。姐姐掰开豆荚说："看豆子是满的。"

深黄的豆荚已经风干成褶皱状，捏一把哗哗作响。

不知哪个懒汉没收回去，竟让姐姐发现，一时间我感觉有点羞愧，像做"贼"似的。姐姐边摘边说："这是孙奶奶家的，孙奶奶说她喜欢吃青豆角，不喜欢吃干豆子，她让我来摘的。"我的心，终于恢复平静。

雪停了。远处三三两两的妇女拿着镰刀，把玉米秸秆从上翻到下，淘金般地仔细翻找生产队秋收后遗留下的玉米棒。深雪中掏出一棒金黄的玉米，浑身充满热量。

走过沟渠，我听到从岭上传来叽叽喳喳的声音。突然，三五个摞成摞的孩子，趴在小小木制爬犁上，从山坡上冲下来，在我眼前一晃而过，瞬间掉到了填满白雪的壕沟里。

这枯燥乏味的冬天，道路像一条枯藤。被绊倒后摸摸疼处，仍旧大步向前，去寻找童年的金枝。

黄 老

　　黄老曾经是一家物业公司的总经理，退休后拥有一栋临街门市房，对外租赁。橘子所在的公司原本与他毫无瓜葛，但正是因为他拥有这么一栋门市房，他们之间便产生了神秘的联系。因为要求租门市房，橘子通过黄老打出的广告，找到了黄老。

　　橘子一见黄老，就打心眼里信任他。

　　原来，黄老长得慈眉善目，很大度的做派。他笑吟吟地拿着房屋租赁合同给橘子看，说："姑娘要租房子，你算找对人了，这栋楼是大爷自己的产权，600平方米，每年租金170万，签三年或者签五年合同都可以。"

　　橘子初涉江湖，也是爽快人，见大爷态度诚恳面目和善，于是落笔签下五年合同。此时，她正与一个商贸公司联营，与这家公司也签了五年合同。如果需要延期，届时可以再续签，橘子想。

　　不料，黄老无意中听说橘子是与一家大公司联营的，几天后，便打电话给橘子，说合同要重新签订，一句话，要涨租金。橘子说："大爷，我们已经签完合同，您这样我和联营公司没法交代。"

　　黄老说："让你们公司老总来一趟，我让他写附加协议，这事我不跟你谈。"

橘子看看已经开始动工装修的工人，找黄老求情："大爷啊，这不是公司的店，这是我的店，我与公司只是承包关系，您……"

"找你们老总见我，否则不允许你们装修。"黄老态度坚决。

无奈之下，橘子只好找来公司的姜总。黄老把重新拟好的协议铺在姜总面前，拿出各种理由，希望公司增加费用。为了装修顺利进行，公司签下附加协议。

黄老和老伴年近八十，一生无儿无女。尽管年事已高，但他精神矍铄，思维比年轻人还敏捷。他每天都背着手，像领导视察般地早出晚归，看着橘子商铺装修，指指点点，俨然是个监工。当工人举起电锤时，他就大喊，不许在墙上随便打眼儿！工人要按吊灯，他大声制止，说灯光太亮，容易把墙烤坏！橘子听了工人的抱怨，甚是郁闷，但又不能和老人论是非，眼看着装修工程全面铺开，只好说什么都顺着老人的意愿。

消停两天，黄老又来找橘子："姑娘，说个事儿，还得把你们公司老总找来，我要和他再谈谈。"

橘子说："大爷，有什么事您就说吧。"

黄老态度和蔼可亲："姑娘，我看到你们装修用好多灯，这变压器小啊，需要增容，这钱得你们掏。不用你花钱，让你们公司花钱，你就让你们公司老总来一趟，我和他谈。"

橘子听了一愣，说："大爷，我们合同及附加协议没有这条呀，您不能无缘无故就增加条约，这是不合理的要求。"

黄老听了立即变脸，怒声道："好吧，停工，停工！不准你们这么糟蹋我的房子。"

眼看着临近开业，离自己择好的那个黄道吉日越来越近，这时候停工是不可能的。这下橘子可犯了愁，辗转反侧，心神不宁，无奈之下只好拨通电话，向公司汇报申请，姜总一听不开心了，说："这项资金，公司不支持，你自己想办法处理吧。"

橘子咬咬牙，转给黄老五万元增容费。橘子看到黄老露出了笑容，恢复了往日的和蔼可亲神态。

那是二十世纪九十年代，是商业蓬勃发展的年代，也是橘子创业下海打算赚取第一桶金的时期。时值金秋，装修即将完成，橘子与伙伴们下了请帖，请几家公司老总、商业盟友一起剪彩祝贺，也邀请黄老参加开业庆典，台上歌舞欢庆，台下举杯同贺。

哪料想，在装修即将完成的前一天，黄老又来到施工现场，举起双手制止住了正在忙碌的工人。"停一停，"他大声嚷叫，"你看都成了什么样子了，再这样下去我找城建收拾你们，你们给我的房子造成了严重的破坏……"

大家面面相觑，明白精明的黄老想要继续争取更多利益。

事情的结果是，时隔不久，忍无可忍的橘子，决定无条件撤店。

在一个月黑风高的深夜，橘子顶着各种压力悄然撤离黄老的监视。她要重新找回自己，即便是蒙受了巨额损失，但摆脱黄老，就像摆脱了一副枷锁，橘子终于长舒了一口气。

半年后，另一家大公司与黄老签约，租赁他的门市做商铺。这家公司早听说黄老难搞，便专程建了一个小团队，与八十多岁的黄老周旋，精心谋划。但他们太小瞧黄老了，几经交手，最终同样败下阵来，吃亏认栽，不欢而散。橘子听了，一边心生愤懑，一边暗自庆幸。她想：世界上究竟有多少黄老这样的人呢？他们的内心规则究竟是如何修炼的啊？奇怪的是，谁都拿他无可奈何。

两年后的冬天，大年三十，长春下了一场大雪。店员小芝给橘子打来电话，说黄老早晨的时候死了，说是他拿着一挂鞭炮到院子去放，刚点燃，一头栽倒在雪地上，就在一阵"叮叮当当"的鞭炮声中再也没有醒来。小芝说，这个死法倒是没有痛苦，真是个有福的人。

　　橘子听了一愣，心里五味杂陈。她"哦"了一声，就挂了电话。

┃ 春天的汛息

　　村口路旁有棵大榆树，一群小男孩像初生的树芽贴着树干，眨眼工夫攀到树梢。榆树嫩绿的叶子像花儿似的，一团团组成穗子垂下来，令人陶醉其中。孩子们爬得越来越高，大树已经把他们小小的身影包围，孩子们在树叶间时隐时现。

　　路旁的玫瑰花开了，红色、粉色的玫瑰竞相开放，它们仰着头骄傲得浑身是刺。那淡淡的清香随风徐徐飘来沁入心脾，我踮起脚尖凑近花朵……

　　对面的孩子们又开始喧闹。他们从树上徐徐滑落，欢呼雀跃地喊："榆树钱，榆树钱。春天的榆树钱好甜呀。"

　　男孩子们清澈的眼眸流露出欢愉的笑。这使我对那棵老榆树产生了兴趣，此后每次途经都情不自禁地仔细端详那棵老榆树。不过是高于灌木丛中的一棵老树，身不由己被夹在木篱笆之间。树干漆黑粗糙弯曲着，像鹤发银须的老叟，伸出的手臂是最美的赠予——榆树钱，这是孩子们期盼已久的美味。

　　在那食物过于匮乏的年代，是它在篱笆的夹缝中站出来让孩子们填饱肚子，为生活挤出甜。于是后来人们酿出的酒便借用了它的名字，取名"榆树钱"酒。我不饮酒，但因"榆树钱"的名字而倍感亲切。

那时我年纪小，个子矮，看眼前的什么都是高大的：小树，茅草屋，辽阔的土地，宽阔的河流。我每天心里都默念着的一条河，是与我读书息息相关的一条河，是我上学途中必须跨过的一条河。有时穿鞋迈过去，有时赤脚蹚过去，蹚过河，脚上沾满泥沙，又担心迟到只能匆匆套上布鞋，沙子带水在脚底咯吱咯吱滚动，到学校脚被磨破皮，但沙子里的水已被蒸发掉，哗啦啦倒在课桌底下一小堆细沙。

多羡慕河西村的同学，不用为河水发愁。我家住在河东第一家，离河水最近。在我眼里河堤高耸陡峭像一堵墙，土质松软，一场大雨便会吞宽两岸。

没有桥，只有几块石头从此岸到彼岸依次排列。赶上春汛，山上，河汊几条支流瞬间汇聚一起，浑黄的河水像头醒狮汹涌地奔流隔开两岸。有时猝不及防人会被冲走，有时三五天河水不消，大人们着急过河要几个人手挽手蹚过去，水深齐腰。

每次涨水，村里开始沸腾。两岸的孩子会相互喊话，这边说："你过来呀。"那边说："你过来呀，我请你吃肉。"湍急的河流一路奔跑，村里的消息也越来越多。张屯的柴垛被冲跑，李家洼子的羊圈被冲垮，丢失多少牛羊，洗衣服的少妇不小心被淹死。

春天的河水带着冰碴儿流动，刺骨的寒令人望而却步。

我们站在岸边等河水退潮，等安娜老师传达可以过河开课的消息。

安娜老师家也住在河东，紧靠山脚下。她年近三十，长相斯文，短发，中等身材，黝黑的皮肤，满口白牙。每次微笑都腼腆地低下头，回避对方的眼神。她既是三个孩子的母亲，又是小学一年级的班主任。常年穿着一件小开领灰色西服，夏天内衬一件粉色碎花半袖，秋天内搭一件黑色高领毛衫，冬季西装外面套半截蓝粗布棉服。她步履轻盈矫健，每天上班路上，腋下都夹着教案，手中提着布包。简单质朴的蓝花布包总是装得鼓鼓的，以蝴蝶结收口。同学们私下里给安娜老师手里的布包取名叫"发面包"，因为里面常年装着高粱米面发糕。安娜老师做的发糕几乎全校师生都尝过。

学校的房子窗明几净，红砖蓝瓦简易独立课桌，四周环抱着白杨树。夏日鸟语花香。冬天点燃炉火时格外温暖。炉盖上落一堆铝制饭盒，是同学们自带的午餐。老师讲讲课，就去钩钩炉火，教室散发出饭菜的芳香。

安娜老师打开布包，把深红色高粱米面发糕放在叠加成摞的饭盒上。中午铃声一响，我们围成一团，老师会把发糕分给家庭困难没带饭的孩子。

安娜老师有时像需要被呵护的小女人，有时则像母亲般呵护着我们。曾有一度我真心觉得她就像我的母亲。她有个女儿和我同龄，许多人说我俩长得像，有时会被认错，误以为我是她的女儿。有个比我年纪小的小男孩经常去学校玩，他看到我就指着教员室说："你妈妈在这个屋里呢。"当时我觉得浑身光芒四射，窃喜我有这样的母亲。默认一会儿，又清醒地想起她不是我的母亲。我爱我的母亲，也爱安娜老师。

安娜老师有双黑色长筒靴。这双靴子是村里仅有的一双，靴子的高度接近膝盖。当然有时靴子也不管用，河水没过膝盖，安娜老师只好脱鞋赤脚背着我们过河。初春乍暖还寒时，河水上面漂浮着薄冰，手指轻触河水都觉得刺骨寒凉，薄冰用力撞击着老师的腿，安娜老师抱紧我们的身体，把十多个孩子依次背过河。她黝黑的脸庞被冻得失去血色。

每天放学我都会跟在老师身后，觉得这样更有安全感。

学校地处村头高岗。穿过杨树林，下坡转弯是河西小村庄，村中央一条小路，是人们习惯走的捷径，穿过小路下坡便是四通八达的大路，可免去绕村而行的路途。

不知为什么，游手好闲的李忠孝突然心血来潮，在十字路口的位置挖地基盖新房，不到一个月，三间瓦房拔地而起，挡住来往行人的脚步。路过的人都会发牢骚抱怨李忠孝，好好的路被他家堵上。李忠孝不管那些风言风语，他说房子建在路口没遮挡，敞亮。我清楚地记得他站在生产队大院，扬扬得意地对王奶奶说："我怕他们说?! 哼，我才不怕呢！"

安娜老师带我去看望李忠孝女儿——金花，她在学校领操时不小心从水泥台阶上踩空摔骨折了。

李忠孝坐在炕梢倚着门，随便撕块纸片卷烟叶，用唾液粘好递给安娜老师说："来抽烟。"安娜老师说："我不吸烟。"他回头喊老伴说："给老师倒水。"他老伴晃晃竹编暖壶说："没水了，我点着大锅去烧一壶。"安娜老师赶紧说："不用，坐会儿我们就走了。"于是粗糙掉漆的大搪瓷缸空着，暖壶也空着。

金花是个聪明伶俐乖巧的孩子，她勤劳爱学，积极参加学校各项活动。她做什么都争第一，不但学习成绩好，体操也做得非常标志，全校同学都向她看齐。

那天早操刚站好队，突然起风，满操场滚着旋风，风卷泥沙昏天暗地。校长下令同学们解散，取消早操。金花被风刮得看不到路，一脚踩空摔下了台阶。

金花双手支撑身体勉强坐起来，她舒展眉头故作不疼的样子安慰老师说："现在好多了，老师放心。"安娜老师紧张地站起来，心疼地抚摸金花，让她继续休息并承诺这段时间来她家帮她补课。李忠孝说:"来吧,应该来给俺家丫头补课。明天俺找学校得赔俺医疗费呢。俺家丫头可是为学校摔的跟头,学校负全责。"金花说:"爸,这和学校没关系,是我自己不小心摔倒的。"

第二天,李忠孝果然找校长谈,开口要 1000 元钱。校长答复:"可以带孩子去县医院治疗,费用校方报销。"

常言道:"伤筋动骨一百天。"李忠孝知道金花腿伤不严重,看样子用不上百天就能好。他暗自想:"何不借此敲诈公家一把?"他暗下决心坚持己见,绝不妥协,必须要求校方给现金。想到这他偷偷乐了:"这钱够我下馆子喝几顿了。"

李忠孝回家再三叮嘱女儿说:"小丫崽子你在家给我好好睬着。告诉你我今天可是去学校跟校长叫板了,他必须得给咱钱。否则我告他去。听爹的,明天安娜老师来给你补课,她进屋你就蒙上被子喊疼,上不了课。我看他郑校长怎么办,不给我钱,不给我赔礼道歉都不好使。"金花妈妈愁苦着脸说:"她爹,孩子不严重养几天就好了,你可别讹诈造孽了。"

李忠孝厉声喝道:"你给我待着,没你的事。"金花蜷缩在炕里,往上拉拉被子,胆怯地不敢吱声,她担心如果反驳父亲,父亲会照她的疼处再踹一脚。

安娜老师提一兜水果来到金花家。金花父亲猫在窗下,急忙推开窗子小声唤金花:"你老师来啦。快大叫,马上哭喊疼。"金花装作没听见。李忠孝捡起木棍隔窗捅金花一下,金花挣扎着要起来。这时安娜老师推开里屋门,箭步跑向金花语重心长地说:"孩子千万不要乱动,好好养伤。"安娜老师拿出一只苹果,边削皮边听金花读课文。李忠孝恼羞成怒,推门把果盘掀翻,气愤地说:"走、走、走。俺家丫崽不用你补课,她腿疼听不了课,别在这哄俺开心。"安娜老师愣怔片刻,摇摇头,无奈推门出去。

金花哭着说:"爹,我这腿好多了,不要赶老师走,不然我的课程落下就上不了学了。老师也是为我好。"安娜老师走到厨房又折返回来。她说:"不是学校派我来的,是我下班路过这顺便看看金花,帮她补补课。"李忠孝抓起炕上那兜水果,迅速塞给安娜老师,不依不饶地说:"谁稀罕你这破玩意,快拿走,别上我这来捣乱。"

金花已泣不成声,她继续说:"老师是为我好,不要赶走安娜老师。"

李忠孝举起木棍劈头盖脸向金花打去。金花妈抱紧金花护住她的头,金花爸的木棍直接落在金花骨折的那条腿上,金花惨叫着。金花妈回身给金花爸爸跪下求饶,她边哭边说:"孩子错了,孩子错了,我替她赔礼道歉。你别揍了。要揍你就揍我吧。"李忠孝一棍子打在金花妈头上,金花妈顺着额头流血,金花躺在炕上乞求父亲,父亲又是一棍打在金花腿上。金花疼得哭不出声,她妈妈捂着流血的额头再次用身体挡住金花。李忠孝凶巴巴地说:"不听话,我把你腿打折。"金花的腿比刚骨折时还疼,疼得成宿睡不着觉。

学校坚持原则,治病要紧,建议金花去医院拍片确诊治疗。

金花在家休息近两个月,渐渐康复。她高兴地说:"爸、妈,明天我可以上学了。"李忠孝严厉地说:"不能饶了学校,便宜郑校长。他们一分钱没给,凭啥呀?咱一定去讨个说法。"

金花只配在家等候她爸爸的"指令"。

转眼半年过去。金花即便上学也跟不上课程了。安娜老师建议她留级,夯实基础有助于跟上学习进度。金花把老师的建议告诉爸爸。李忠孝沉下脸说:"不行。留级等于多上一年学,这一年的费用是你老师拿还是学校给?结果不都是从我腰包里掏?

告诉你老师别出那些馊主意。哼，她还能诓我？再说了，那学上不上有啥用，尽搭钱。我一辈子没出息，你一个小丫崽子还能出息咋的？跟我干几年活，找个好人家嫁了，日子指不定比读书强呢！好了，就这么地，跟老师说咱不读那玩意，有的是好日子等咱。"金花怯懦地鼓足勇气说："爹，我想上学。"李忠孝说："咋的，我还管不了你了啊？"金花妈小声小气地说："别吵了，听你爹的吧！你不管咋的还读过三年书，妈一个大字不识也好好的，不耽误吃，不耽误穿。咱这井底之蛙能蹦跶多远，学文化也用不上。你能捧着土坷垃念文章吗？听你爹的，别做无用功。"

金花到十五岁她爹就让她嫁人了。不是什么有钱人，但李忠孝挺满意。

小伙子是东村放牛倌，比金花大五岁，孤儿无牵无挂可以做李忠孝家上门女婿。李忠孝眉飞色舞地算一笔经济账，小伙子上门家里多个劳力，挣多少钱都是他们的，踏踏实实是他老李家人。

果然放牛倌进门就挑水劈柴，出力的活都担起来。李忠孝捏着酒盅，哼着小曲，过着优哉游哉的日子。

金花结婚两年后生了个女儿，小女孩像金花一样活泼可爱，哄得李忠孝又是亲又是抱，掌上明珠般捧着。小女孩三岁时，在一个炎热的盛夏突然生病，上吐下泻。在送往县医院的途中，小女孩捂着肚子哭。李忠孝和女儿轮流抱，弄得大人孩子都满头大汗。老牛任凭皮鞭肆意地抽打，仍旧不紧不慢地走着，牛车也只能慢慢移动。小女孩的哭声越来越大，渐渐声音变小，甚至微弱无力，直到声音停止。李忠孝慌手慌脚地掀开被子用手贴在孩子的鼻子，试试呼吸。他突然面色惨白，眼睛里溢出泪水，唇角抖动几下说："孩子已经没有呼吸了。"金花不相信这是真的，她抱起孩子满地跑，突然失常地大笑。久日积郁，顷刻间化作泪水痛哭流涕。金花大病不起，没几日也离世。

李忠孝被突如其来的噩耗打击得卧病在床，他想念女儿和小外孙女，多么鲜活的生命草草入土。他想，这是他自己的报应吗？

河水上涨，春汛总是起起落落。

松涛阵阵

这里曾有个野荷塘。朋友讲给我时，我们俩坐在公路旁的一家咖啡店。隔着落地窗眺望，马路对面是大片森林。林中多数是红松、落叶松、云杉、美人松……对于树种我认不全，大致识别它的总称谓——松树。

学生时代仿佛在燃烧青春，浑身热血沸腾。新年伊始的祝福，与毕业互赠的留言都离不开"松"——"愿你像青松一样傲雪挺立。""愿我们的友谊像松树一样四季常青。""你就是青松，英俊勇敢……"不知为什么那些年讴歌青松的句子满天飞……

我笑着对朋友说："怎么也看不出是野荷塘啊！没头没尾的公路，高大粗壮挺拔的丛林，一眼望不到边，从哪儿可以看到荷塘？"他说："真的。那里曾经确实是野荷塘，我和小伙伴们经常偷偷隐瞒家长跑到这里来游泳。荷塘水面不大，水深大约有几十米，得会踩水会游泳的人才能进入荷塘。荷塘四周光滑，寸草不生。贴近岸边的水面稍浅处有莲花相映开放。林间倒影远远地落在水中，荷塘深邃而神秘。我们结队在荷塘里游泳，荷塘浅处还有蒲棒，一不小心会碰上水蛇盘在蒲棒上，水蛇有时和我们一起欢快地游，我们只有相让，没有相撞。这么多年没听说谁家孩子游泳被水蛇咬，大家都各自相安无事。"

朋友说，儿童节的前一天，他的朋友纪格特别开心，他说他在外地打工的母亲明天回来，他已经三年没见母亲了。他要挑件新衣服穿，万一母亲提前回来见他，会很开心。

小伙伴们嚷嚷着，劝他不要着急，"我们先出去走走，指不定回来你妈妈已经到家，给你个意外的惊喜。"

纪格说："好吧，那我和你们一起出去玩。"

他们走出小镇，去一个人迹罕至的野荷塘游泳。大家下水前商定会游泳的下水，不会游泳的看衣服。朋友说只有他和纪格没下去。纪格说他不会游泳，主动提出"看堆"。小伙伴们默许后，大家以各种游泳姿势跳下水。

野荷塘地处山坳，四周是丛林高岗，像个闷罐子，里面盛着荷塘，密不透风。纪格坐在岸边看他们戏水，看着看着，有点犯困。

他环顾四周无人，心想："这偏僻的地方哪来小偷？干脆我也下水凉快凉快。"纪格脱去外裤和背心，顺着光滑的水岸跳下水。没走几步，突然一个漩涡将他卷走，他挣扎着，只叫喊一声就被水呛得说不出话。

这时我的朋友站在岸边下意识地喊："纪格快举起手，我救你。"纪格举起双手，我朋友慌忙地寻找可以搭救他的东西。

这是一处偏僻荒凉之地，岸上光秃秃的，没什么可用来搭救之物，慌乱中我朋友拾到一根松树枝。

回头见纪格几缕发丝在水上晃动，渴望求生的双手也在晃动。我朋友用力把松枝伸向纪格，喊道："纪格伸左手。"纪格就举起左手。他喊："纪格伸右手。"纪格就举起右手。

不知为什么，纪格当时的听力竟那么灵敏，可惜松枝长度不够，任凭纪格怎么奋力都抓不到。

小伙伴们像惊弓之鸟被吓得纷纷上岸，不知谁喊道："我们下去救纪格。"他们不约而同又跳下水，手牵手向纪格的方向走去，原本平静的水面泛起水波，水深得够不到底，只有漩涡像张开的大口，一个浪又一个浪地扑向他们。

　　可是靠近纪格的小伙伴将要抓住他的手时，纪格却无力地把手垂下了，水面上再也没有出现他摇摆的发丝和双手。

　　剩下的五个孩子突然被浪打散，他们没来得及挣扎，"哗"，一个漩涡就把他们全部吞没了。

　　我的朋友也不会游泳，他无助地站在岸上，站在山坳里大声喊："救命啊，救命啊……"

　　荒无人烟的野外无人回应。

　　远处松林中终于有个身影晃动。准确地说，是从山下蜿蜒崎岖的小路上爬过来了一匹健硕的马，一个瘦高的男人骑在马背，头也不回地穿行于松树间的小路上。

　　至今我的朋友也不敢确认那个骑马的人是否听见了他的呼救。

　　野荷塘无情地吞噬了一群幼小的生命，转即，恢复平静。

　　只剩我朋友一个人站在岸边。

　　他有些恐惧，跑到家坐在炕上哆嗦，他母亲发现后问他："怎么了？"他已经失语，用手指向那个方向，小镇边缘野荷塘的方向，水波无情荡漾的方向，松涛阵阵带走一群孩子呼救的方向。

▍一根柔软的藤

　　这是一根柔软的藤，把我从梦境中摇醒。我揉揉惺忪的眼睛在想："这是什么梦？为什么是地瓜，而不是常青藤或者具有浪漫色彩的紫藤花？"

　　辗转反侧却难以入睡。

　　此时，恰逢隆冬季节，窗外的雪花扑簌簌地敲打着窗棂，我又想起母亲和乡下的炉火。多温暖的岁月！记得母亲有一只造型精美的铁制熨斗，那只熨斗装上炭火浑身散发着热量，熨斗头部伸出尖尖的嘴，额头镶嵌着一双火红的眼睛。我的个子没有乡下的炕沿高，我踮脚想吹那团火，想把熨斗吹得更热些。母亲，此时我已泪眼蒙眬，为什么这么想念和你在一起的旧时光……

　　还是讲熨斗吧，母亲将滚烫的开水倒在搪瓷缸里为父亲烫平褶皱的丝绸长衫，这是最原始的熨烫方法。后来父亲给母亲带回一只新型木炭熨斗，熨斗造型奇奇怪怪形状不规则，但是感觉很有趣。掀开盖子，中间是镂空的，内置一个放火炭的铁片。木制提手。熨烫前要把衣服用水喷湿或垫上一条潮湿毛巾方可使用。记得姐姐有一条涤纶裤子舍不得穿，拿出翻看，小心翼翼地把熨斗烧热，裤子铺平，"滋啦"一声，熨斗下去裤子立即被烫个洞。姐姐把熨斗立起来，熨斗像只偷吃鸡的狐狸，"嘴"上还挂着被烫坏的涤纶布料，姐姐站在那心疼地哭……放置多日后我摸摸没上炭的熨斗底板，像一片细沙磨得手心发痒，内心既同情姐姐也心疼这么好看的熨斗。对于视野中硬朗或奇怪的东西，我很矛盾，内心抵触又有想触摸的欲望。除了这只熨斗，家里还有一只烙铁。那只烙铁外观细脚伶仃，头部像眼镜蛇，拖着一条细细的尾巴，插入灶膛火堆立即变得通红。母亲把新旧掺杂的碎布头拼接在一起，用大锅炒不能食用的黑面，调制成面糊，把布头一层层粘贴成袼褙，用烧热的烙铁仔细烫平，既可以做鞋帮又可以做鞋底。小巧的烙铁平常立在灶膛旁侧，一旦闯入视野便会让我联想到铁的凉和硬，以及燃烧后的滚烫与温暖。

冬天大地上的植物早已断了生长的念想，而我为什么会梦到繁茂、肆意生长的藤呢？

哦，多么神秘的梦境和多么神奇的物种。

只要给它土壤、雨水，它便会沐浴阳光，自由潇洒地漫步，成为欣欣向荣的样子。

摸摸思想的脉搏，使我更加彻夜难眠的是梦醒后内心的空落落，夜似一座孤岛，仿佛有什么东西伸出巨大的手掌攥紧我，捆绑我，让我无法适从。

地瓜根是瓜蔓的祖辈，它们之间息息相关，它们具有坚韧的生命力，不然怎么结果呀。

而我的根，是母亲、父亲……家谱上的一代代祖辈。如今，他们都带着各自的故事埋在土里。

有人称故去的人被埋葬叫"入土为安"。究竟是安置、安稳、安睡，还是平安，我就不晓得了。总之，母亲离世后，我的睡梦很少安宁。即便落下一片树叶也会被惊醒，更何况是这果实累累的地瓜秧，千丝万缕的藤蔓……无法释怀，使我寻根，寻梦，想念母亲。

撑着萤火般的心灯，我一声声默念母亲。周遭空寂，偶有风吹来，或冬雪，或夏虫簌簌落下余音渺渺。这亲情的血脉在深夜里蔓延燃烧，这何尝不是一种疼痛，我的神经开始跳动活跃，夜不能寐。

记得小时候，母亲带我们去挖地瓜，地瓜的茎部并不高，翠绿的叶子密集，肩并肩手拉手，像拖着长尾巴的绿孔雀护佑它们的家园。母亲似乎一点也不费力，随便拽个茎，便会拉出一串串大大小小的地瓜，红扑扑的它们像一个个胖娃娃似的从泥土中钻出来。

那个秋天，是个冷秋。我穿上一件镂空花的针织毛衣，手插在裤袋里觉得风吹遍原野，吹得草木瑟瑟发抖。

姐姐们鸟儿一样叽叽喳喳地和母亲聊天，相互说着温暖的话。远山的太阳眯着眼，暗淡的暮色透过篱笆，洒向窗口。

母亲说："好在今天都弄回来了。不然会上冻。"

此后，地瓜在我心中有了概念，有了栩栩如生的印象。

每当秋天，我去农贸市场都会顺便买些地瓜带回家，并很专业地问菜农这些地瓜是黄土还是沙地种植的。菜农会心一笑，认真地对我讲这些"宝贝"来自什么样的光照，什么样的土，附加一句我爱听的话："放心吃吧，是甜的。"

果然很甜。这味道来自"梦境"，来自母亲弯腰劳作的辛劳和泥土的芳香。一粒种子埋在土里便是植物的新生，而人死去埋在土里，却只能做记忆的绳索，是谢幕，是剧终，是永久的怀念。因此我喜欢藤蔓，喜欢梦里刹那间与故人的重逢。

喜欢茂盛，喜欢数不清的根须和叶子，喜欢从泥土里诞生的芬芳。

一个小男孩问他家保姆为什么哭，保姆说她妈妈去世了，她没有妈妈了。小男孩说："不要哭，等我长大给你生个妈妈。"

这是一个真实的故事，是天真与愿力的呼唤。生命是个体，无可替代。即便佛教里说，生命有轮回。即便有，可前世与今生也无法链接，更无处考证。这样的轮回便显得虚空无着落，像一缕气体。

那天，我沿着长长的山路，进入森林，浩瀚的林海如万顷波涛涌入眼帘，仰望天空是一线天，瀑布如金丝银线般垂挂，所有的萦绕超出华丽的语言。

爬山虎，到了秋季周身红得通透，像龙爪，像蛛网，散布在石头坚硬的骨骼上，远远地望去，坚不可摧的石壁，一根缠绕纤细柔软的藤蔓，直抵心灵深处，搅起梦的涟漪。

丑 牛

这件小物恐怕我留不下了，这是一只蜗牛。

它用微弱的力量，含着叶片却吃不下——已经整整三天，不见它将一滴汁液吸到嘴里。嫩绿的菜叶浮在水面，立在鱼缸的角落保持静态。像婴儿含着母亲的乳头，它咬定叶片的边角不肯放弃。我知道它没有死，犄角渐短呼吸微弱，身体偶尔在水里摆动一下，仿佛暗示主人：它还活着。

人类无法感受这只小生物承受的痛苦，肉体缩在一只比例失调的壳中度过一生。

对我来说，与一只蜗牛结缘是因为一片莲叶，一群美丽的小鱼。确切地说，是因为一只漂亮的瓷缸。那一天，我在花市里闲逛，发现一只暗灰色麻面，质感如同雀巢般的瓷缸。它的造型像极了释迦牟尼佛手中托起的钵，内涂海蓝色漆。我眼睛一亮，动了心思，刚要与老板讨价还价，老板却摆摆手，直接拒绝，说这是非卖品。细细询问，老板说这是他收藏多年的宝物，放在花架做摆设的，贵贱不卖。越是这么说，我越有求得的欲望。我踮脚捧起瓷缸，内外端详一番，旁敲侧击地说：“放在架子上就属于商品，留着做啥？卖给我吧。”

老板说：“我是卖花的，不是卖瓷器的。”

转身之间，又看到他眼前的一盆睡莲，我马上说："卖给我吧，我买你的睡莲，这么美的睡莲，只有这盏瓷缸配得上它。"

一句话，把他身边喝茶的朋友逗乐了，他朋友说："人家这么诚心要买，你就卖给她吧，啊？"老板皱皱眉，慢腾腾地走过来，表情为难的样子："唉，不知道该要你多少钱，就这一只，放我身边好多年了。"他摇摇头，无奈地松了口，"多少钱，你照量着给吧。"

终于得到爱物，我满心欢喜。捧着瓷缸和睡莲，计划买些小观赏鱼，设想小鱼儿们在莲下嬉戏的画面，乃锦上添花之意。置于客厅，雅趣之余，又添了野趣。

但我对养殖，没有任何经验。此举纯属一时兴起罢了，关键是这只瓷缸，我打心里喜欢。

鱼市大大小小可供观赏的鱼儿品种繁多，在玻璃器皿中，分门别类地陈列。它们的每一次游动，我都觉得如有水波浸入心田。卖鱼人说："你多买几个品种的小鱼，颜色不一样，看着新鲜。"

我说："好吧，那就再捞上两只小蜗牛吧。嗬，好可爱呀。"

热爱购物是女人的天性，但一下子买回家这么多小鱼小虾、小螃蟹，还有蜗牛之类的活物，还是第一次。有些兴奋地捧到家，经过一番折腾，终于落座。鱼儿在莲叶间游弋，小虾们弓着腰，在水底不慌不忙地爬行，让人心生怜惜。指甲大的蜗牛，一会儿趴在莲叶上，一会儿落在水里；蓝莲花次第开落，覆盖整个水面……小小瓷缸，丰盈了我的生活。

鱼儿和莲叶一样温婉柔美，安静中洋溢着流动的丰盈。

紫色的莲花凋零时，花瓣一片一片漂在水中，花心托着蜗牛，更增添了妩媚冷艳的色彩。

我窃喜，这是多么和谐又美好的组合，下一次花开，我一定要将花瓣藏在书中，不让它独自飘零。

突然，有一天，我奇怪地发现鱼儿越来越少，那条新出生的小鱼也不见了。可是莲叶为什么也变少了呢？睡莲的茎部也逐渐消失。正在狐疑间，看到蜗牛像个磨盘，正把莲叶卷压在嘴里，小鱼小虾也被它吞入口中。原来罪魁祸首竟是蜗牛，蜗牛不但吞食睡莲，新买的水草也被它吃掉了。它已经不满足于每天主人撒给的鱼食，甚至吃掉了小鱼。

往日那些流动的美，凝固在空气里，有些变味的感觉。阳光照在窗子上暖暖的，两只蜗牛在水里不慌不忙地蠕动，它们背着房子又贴在玻璃上晒太阳，转身再跳回鱼缸。

我想，这么漂亮的器皿，居然装了两只贪吃的蠢物，这丑陋的蜗牛！我有些厌烦，但又不忍心扔掉。索性将其放到洗手间的台面上，以示"惩罚"。

从不理家事，更不知情的先生，在早晨洗漱时被吓了一跳，大呼小叫地喊："这什么玩意？快把它扔掉，看着好像个怪物。"我抬头见镜子里反射着蜗牛的倒影，它托起快有小拳头大的金黄色贝壳，两只触须伸出水面，水里还有几只细细的触角摆动，慢慢舒展整个身体。刹那间，它展露犄角的这一刻，令人惊呆。我仔细看看，不知什么时候丢了一只，到处找都没找到。这只丑蜗牛，找不到就找不到吧！

一个月后在墙角发现了它，透明且轻飘飘的蜗牛壳传达出它已经死亡的消息。

先生劝我扔掉这只蜗牛，我望一眼冰天雪地的窗外，迟迟不肯行动。

先生拿几根菜蔬向鱼缸方向走去。我问他做什么，他笑着说

"喂牛去"。我的脑海里浮现出一头田间耕犁的老黄牛，却不肯想它是一只小小的丑陋的蜗牛。接连几天，先生下班回家后的第一件事就是喂这只丑牛。他边往水里扔菜叶边说："太丑了，感觉它好像知道人的秘密，看着好恐怖哩！"虽然讨厌，可他又坚持去喂它，倒使我觉得人果真也是奇怪的生物。

蜗牛——金色光滑的壳裹着雪白柔软的身体，它推开蜗牛壳顶端，如同敞开一扇厚重的门，像个步履蹒跚的老妪，又像神灯里的妖怪，小柱子似的触角指向四面八方。身体蠕动全力伸展拉长，把自己拉出蜗牛壳，继而旋风般地将叶子卷在口中大肆吞食。

可惜这只精美的瓷缸了，被这只丑陋的蜗牛占有！我无数次在心里抱怨，又很无奈。终有一天，它爬出鱼缸，从洗手台上不小心掉在了地上，硬壳的尾部摔了一个小洞。尽管没流血，但是它一定也很疼。自此，它柔软的身体尾部不得不裸露在壳之外。它对此早有感知，关上厚重的门，扭动着身体竭力隐藏自己。我的心陡然沉重，心想一只蜗牛，它将如何修整这块缺失的部分，如何转来转去独舞？那原本属于它的世界，应该是一条河流或是一片海洋……

每天，我都会在某个时间去看它的活动变化，渐成习惯。看见它同水一样安静，螺旋状的贝壳里偶尔伸出两只触须，好像垂死挣扎的手，在水里摇摆，告诉我在同一片屋檐下，另一个生命存在的迹象。

平日里，姐姐总唠叨说我是个恋物狂，连用旧的东西也很少扔。当然，我将家中料理得有条不紊，根本看不出有旧物积压。我觉得旧物同样有生命力，有厚重的感情。即便是一件衣服，拎起来也会散发温暖的气息，成为时间的见证。

然而，衣物可以折叠存放，而生物却不能。

我的丑牛恐怕留不住了。没有生命力的物件，任凭你怎样攥紧，都有空荡荡的感觉在指尖流动。

林间湖泊

第二卷

星落群山

高原人将亚丁视为神山,不准外来人摘取一草一木,动用一块土地,当然也打消了商家筹划开发盈利的想法。

从香格里拉小镇乘车去亚丁约一个小时的里程。山路十八弯汽车曲曲折折向上攀爬,每个转角都好像钻入云里雾里。揭开晨雾的面纱,眼前的山小了,村庄卧在翠绿的山坳,鸟鸣自谷底传来回音,偶有鸡犬的叫声。回转身脸上头发上被打湿,甜丝丝的,不知是雾气、露珠,还是碰散了一片云。迷蒙中仿佛接近天际,太阳的光晕闪烁着落在高原。

鸟鸣声时近时远,清脆悦耳。幸运的鸟儿们在这片纯净的土地上日夜歌唱。我把这些云呀,雾啊,蛇一般盘旋的小路,连同路旁的格桑花都掖在心底。一对年轻夫妇中途下车,他们说,昨天晚上在香格里拉小镇,因高原反应一夜未睡,现在海拔四千多米,这么美的景色,恐怕无缘继续前行欣赏。我缄默,保足体力。

想要看牛奶海和五色海,必须徒步,往返至少需要八九个小时。冲古寺矗立在群山之间,山下是缓缓流淌的湖泊,茂盛的水草同水并肩,微风袭来,与水波一起翩翩起舞,直抵目光最温柔的港湾。不必寻找雪山,传说中的雪山近在眼前,仙乃日、央迈勇、夏诺多吉三座雪山相互照应时隐时现。洛绒牛场是附近村民放牧的高原牧场，一望无际的草甸，水清澈见底，牛悠闲地摇着尾巴吃草，肥硕油亮的马儿三三两两地蹚着浅水跳跃，嬉戏着。丰盈的草场，为每个走过的生物，留下倒影。瀑布在山脚下哗哗作响，仿若仙境。路很窄，让人疑心穿越到远古时代。窥探林间，感觉随时能冲出某个侠客。向正在下山的游客间问："离山顶还有多远？"

"呵呵，远着呢。加油啊。"每个人手里托着氧气瓶，像搁浅的小鱼，扭动几步开始吸氧，三五步席地而坐。

山上下来的人脸上洋溢着笑容。这是一次胜利的抵达，克服高原缺氧，一饱眼福，得到心灵慰藉的笑容。"快走吧，天色晚，没有阳光，看不到五色海的壮观。"由于高反，来时的兴致大减，既想向上攀，又羡慕下山的人。两个藏民用一小块木板抬着一个女人，女人横坐在只有小路那么宽的木板上，两只手搭在梳着长辫子的藏族中年妇女的肩上。走着和坐着的女人，看上去都很吃力，大口大口地呼吸。

山上突然冲出一匹白马，肆无忌惮地奔跑，忽而在路旁停下。那匹奔跑的白马变得有些温顺，追赶白马的马夫也突然停止奔跑，动作灵敏地在马的一侧趴下。他渴了，放松身体趴在路旁喝水。这是从山上流下的泉水。顷刻间的画面，使我愕然，以为发生了什么，马温顺地站在一旁等主人。他站起来，马铃儿"叮叮咚咚"地响起，马夫牵着白马放慢脚步摇摇摆摆地下山了。

极目眺望远方，四野是明镜般的湖泊、瀑布、泉流。雪山一会儿在头顶，一会儿又在脚下。泉水欢笑着溢在路面，一发不可收地向山下奔流。

牛奶海海拔 4600 米高，四周雪山环绕，圣洁的湖水，没有波涛汹涌的壮阔，像一颗蓝宝石，或是情人的眼泪。捧在心里，安静柔和得似被捉住灵魂，不肯离去。蓝的水，白的山，星星点点的草坪和树木点缀大片冰川，使牛奶海更加神秘多彩。提起多彩，五色海更美，它与牛奶海近邻。五色海高于牛奶海，它们之间需要跨越山脊。阳光打在水面五彩缤纷，与雪山互映，冷峻、深奥，似迎风而立的谦谦君子温润如玉。纵观山峰，雪山与目光平行，或许苍鹰们祖祖辈辈都在这里生存，它们不需要反复练呼吸，它们展开翅膀，凌空翱翔。去往牛奶海的小路，似神仙抛出的引线，又细又长，围着山路缠绕，又拽回来。行人越来越少，山坡上遇到一位戴墨镜的先生，下山仍旧仰着头，我看见他眯着眼，搭讪几句，才知道他有眼疾，微弱的视力看不到远山。攀爬五色湖山脊的时候，有位少女靠着护栏，后来才发现，靠在护栏上还有她的一副双拐，她已经在下山，此刻在木栈道上休息。我凭栏驻足，向这些敬畏自然，把残缺的躯体献给高山的人致意。

石屋里飘出缕缕炊烟，穿着绛紫色藏袍的妇人，站在"小心崖石滚落"的警示牌下面捡拾垃圾，投入垃圾桶。一位藏民和马齐步奔跑，藏民友好地向我们打着招呼。

夜幕降临，星群布满天空，一弯新月清晰地从天边爬上来。雪山把夜空映照得透明无限，满天清亮似水。而山下，在夜色中走动的牛、马在水田里，与天上的银河遥相呼应，宛如一幅美丽画卷。

林间湖泊

站在南湖岸边，凝望湖水，深邃的湖水，泛起波光，跳动的鱼群，惊醒一湖睡莲。湖岸垂柳的发丝越来越长，收纳水中的月缺月圆，绿植捧着湖水，给长春的市民们奉上一个天然氧吧。

我最喜欢这天然的大氧吧——看似只是一片水，一片树林，其实各有不同，比如岸上的花和水中花就大有不同，当然水中花也各有各的美。睡莲总是浮在水面做她的梦，玫红、白色、淡粉、深紫……色彩斑斓，冷艳。而荷花中通外直高于水面，硕大的莲叶簇拥着莲蓬，饱满的花朵在风中娉婷、轻轻摇曳，顷刻间视野挤满它们的家族。此时，所谓的养眼便一定是荷花了，如有露珠落在荷叶，那晶莹剔透的美映入眼眸，浸入心田，直抵心灵深处，生动、迷人。它们是莲，是荷，不论睡着还是醒着都这么美，使人流连忘返。

南湖岸边，一株株高大的松树下，有片倾斜的草地。每当我从那里走过，内心都会长出绿荫，仿佛有一只手在触摸我的梦境，辨认我的前生，那是我儿时做过的梦境。

小时候，经常梦见一个小山坡，是长满绿草的山坡，阳光熠熠抚摸着我和草一样稚嫩的年龄。四野寂静、空旷，只有我和长满野草的小山坡，彼此默默相望，内心涌动一种不可名状的美感……我伫立良久却不曾移动半步，只有阳光落地的声音，只有微风徐徐吹来。每一次从梦境中不情愿地醒来，都会反复回味一番，品咂甜蜜。有无数次，我曾四处寻找这个梦境呈现的画面，走过无数的名山大川都未果。直到多年后的某个春天，在开车路上，或许第一个等红灯的人溜号，突然停下，促使我也一个急刹车停在路旁。这时，无意中回头看见湖堤上的草坡，竟发现与我儿时的梦境惊人吻合。

我激动得眼睛里溢出泪花。

当我去买第一套属于自己房屋时，有意带着年幼的儿子穿过南湖公园，走向那片草地。我和先生在前面走，走着走着，儿子被落在了后面，回头见他匍匐在地上，做着爬山的动作，稚嫩的脸上露出可爱幸福的笑容。此时我们已经走过草堤，无须攀爬，白桦林间细碎的野花，繁茂的枝叶，零星铺陈的野草随着小路的弯曲向前伸展，大自然赐予的柔软富丽的地毯成为一个孩子眼中的小山。这是多么不可思议的事情，此事再未提起，不知可曾做过儿子记忆中童年最美好的片段。

而我那个梦境，也从未向谁说起——就让它成为我埋藏在心底的秘密吧，因为有些感觉一说即破，失去品咂的韵味便再难找回了。

后来，也曾带着母亲来过这里，她头发花白，面孔苍老，眼神仍旧像春天般柔和。我们躲过正午的阳光，两个人坐在柳堤上，看静谧的湖水偶起涟漪，看一条条小鱼吐着泡泡浮上来。母亲把朋友送她煲汤的一只乌龟递给我，我把这只同为地球上的生灵轻轻放入湖水。一生善良的母亲露出欣慰的微笑，说："走吧，走吧，快回到水中去吧。"我们目送乌龟越游越远，直到水面消失了涟漪。那一年的那一天，是我最后一次陪母亲夏日到此纳凉。这也是母亲在世最后一次，同我出行，我们之间拥有特别开心的小秘密。

放生虽然是件慈悲美好的事，据说也不能随便实施。湖是湖，海是海，湖是淡水，海是咸水，鱼也有淡水鱼和咸水鱼，乌龟的种类更是繁多，有陆龟、水龟，还有水陆两栖龟，送它们逃生需要考虑它们的生存环境以及生态平衡。那只乌龟究竟能跑多远，那片水域它是否可以安家，我不知晓，唯有祈祷。

在吉林大地的白山黑水间，除了长白山天池属于天然湖泊外，还有无数个大大小小的湖泊和泉眼是天然的，其中未名湖就是其中一个不被众人所熟知的天然湖泊。湖水清澈甘甜，环湖曲径绿草花荫。

夏天我来到这里，在一个风雨交加的夜晚，我和朋友坐在茶室聊天。黑压压的乌云从山涧滚落下来，我情不自禁地感叹："呵，如果一个人住在山里，会被吓破胆。"

朋友说："还真有人肯独自住在山里。没有电，守着煤油灯。几十年了，都这么过来的。"

他叫大山，常年住在深山里。

黄昏时分，我沿湖边散步。隔着石头铺就的小径，身边是绿油油的松林。有风吹来便一阵浩荡，松涛呼呼的响动从谷底拔起，声音悦耳，萦绕周身响彻耳际。风，打着浅浅的漩涡，铺展向无边的水面。

湖水如同一块明镜，照见鱼儿们的身影：纤细、柔软，像美人拖起长长的裙裾舞动。

如此赏心悦目的美景，只可观赏，不宜久留。因为这儿远离人群，没有电，自然也就没有手机电脑一类的现代通信设备。夜，黑得伸手不见五指。大山早已习惯了这样的生活，自从父母离世，他喜欢独处，喜欢住在山里。简易的小木屋，像个火柴盒。他在家做饭煮茶，弄得热气腾腾时，像燃烧的火焰，一旦走出家门，他的家就是一只空空的"火柴盒"。

他喜欢踏着露水去林间栽树，捡拾倒在地上的枯木，有时见迷路的雏鸟落在地上，就把它送回鸟巢。大山循着多年熟悉的路径去摘野果子，背到集市售卖，换些钱，以便果腹，继续他的山林隐居生涯。

他喜欢在夜里聆听结冰的湖水"咔咔"剥离融化的声音。众鸟的舞台渐渐隐退，有只大鸟会在某个时间准时飞回屋后老树的巢穴，如同时钟划到午夜，他隐约听到鸟儿的呼吸声。

他听到雷声穿透屋顶，随即，大雨如注，唯一的烛火被风吹灭，就此他不想第二次点燃烛火，他陪着雨声到天明。

早晨，意想不到的事情发生了，屋檐下的水盆满是林蛙。他心中窃喜，拿到小镇上比野果子昂贵。大山倾斜木盆想数数有多少只林蛙，突然，一群黑黝黝的小蝌蚪浮上水面。春天正是青蛙产子时期，大山想起自己一生失去父母的悲凉……

他端起木盆，将林蛙倒入水中。在他的眼里，万物平等互相依存，一场阵雨一缕空气都不是孤立存在的，它们与众生密切相关。

晨雾，一半落在窗里，一半落在窗外，袅袅娜娜地萦绕着，湖面罩上一层薄纱，绵软的空气沁人心脾。无论城内或是城外，森林、湖泊都像只石英钟，准时播报春华秋实。

这林间树木，花花草草，虽然没有悠久的历史，却给人带来休闲惬意的幸福。在这钢筋水泥铸造的城市，每个池塘，每一条湖泊，每一座花园都孕育着城市清新美丽的生活。此刻，南湖，满世界的露珠晶莹剔透。叶片上、草尖上的露珠闪烁滚动，如同南湖站在城市中央，像颗珍珠，更像水中最圆的明月。

暮春，落英缤纷，许多花瓣随风起舞，飘落在树下抑或林荫小道。大路、小路脉络清晰自由地延展，似柔软的臂弯径直插入林间深处。小松鼠一会儿跳到树上，一会儿钻进树洞，沿着弯曲的小路和自己捉迷藏，再跑出来，沐浴在和煦的阳光下。

灰喜鹊抱着树干翻来覆去地荡秋千，落地的声音弹回来，更加响亮动听。林间时有蝉鸣、鸟叫。静谧的湖水拉开徒步健儿的倒影，秋色越拉越长，把城市的树木都染上金色。

川流不息的车流，驶过南湖，开往更远的森林。

蓝孔雀

到达科伦坡，我们入住印度洋附近的一家酒店。酒店面向大海，站在海边，海水一波一波温柔地浮在脚面。沙粒细腻，海水清澈。左右眺望，海平线优美而又蜿蜒曲折地延伸着。如果抬头，就必须仰望，一定要擎起目光才能看到海面，那叠加的蓝浸入灵魂深处，让人立即陶醉其中。海天一色，翻卷的浪，不慌不忙地涌起，又非常壮观地落下，冲浪者在挑战海的力量，一会儿依在浪花的身上随波摇晃，一会儿又被海的欢笑翻到浪底，像一叶小舟跃出海面，在浪花里矫捷跳跃翻转。我站在海边观看，不禁折服于冲浪手的胆量和气魄。

科伦坡古老而典雅，原生态栖息于城市的每个角落，我去的时候正是三月，恰逢草木萌发的季节，路边或者民居旁到处都是参天大树。树上经常会传来各种鸟的啼叫。记得有一次走在路边，远远地看去，一棵奇形怪状的大树，密密麻麻地垂下一些黑色果实，果实之间没有空隙。我好奇地走近想探个究竟，结果发现是蝙蝠倒挂在树上。许多树上都黑压压地倒挂着蝙蝠这样的"果实"。时有乌鸦在水塘边飞过，乌鸦属于当地的吉祥鸟。许多罕见的小鸟在沼泽地或者铁路的两旁踱来踱去，人与自然相处和谐。人们坐在路旁聊天，蜂鸟、苍鹭在空地或铁轨旁踱来踱去，它们走着走着竟去啄游人的脚，或者跳到游人的肩上。聊天的人都若无其事地继续聊天。

在万物复苏的春天，所有事物都在裸露，动物们当然也不需要隐蔽，即使一群飞鸟落在餐桌上，点心、水果、蔬菜都会让它们任意去啄。斯里兰卡的路并不平坦，经常遇上土路有些颠簸，如果透过车窗远观山坡或是野地里的鸟，所有的疲惫就会烟消云散。好想坐在田野里发呆，看那些美丽的鸟，鸬鹚、蓝雀、翠鸟、黑头白鹮、紫腰太阳鸟、黄胸织布鸟、红颈绿鸠……原鸡外表酷似家鸡，导游说："原鸡是斯里兰卡的国鸟，谁要是吃一口会被判刑的。"看惯经常被送上餐桌的公鸡，倒有些忍俊不禁，它昂首挺胸抖动彩色亮丽的羽毛，在翠绿的田野间散步。

坐在从科伦坡开往南部海边的小火车里，特别惬意。这是一列非常原始的火车，外观陈旧，没有门窗，看上去也是当地民众的交通工具。我们上车都忍不住发出惊叹，当地人用友好和善的目光看着我们。火车与海边只有一步之遥，一面是自然生成的大片鲜花、随风起舞的小草、茶园、丛林、山岗，一面是白色浪花镶嵌着蔚蓝的大海，一簇簇棕榈、椰林随风摇曳，小火车徐徐前行，目光可以透过每一扇窗。当地人喜欢站在门旁向外望，我也尝试着，一只手扶车门，身体前倾，另一只手去触摸阳光与海风的微笑，此时心已飞翔。

斯里兰卡的红树林也非常迷人。红树林是生长在海水里的森林，错综复杂的植物群，根须柔软紧密相连，在马渡河宽阔的水域上形成一条条拱形长廊。人在船上，宛如一幅美丽的画卷，时而蓝天白云，水波荡漾，时而穿梭于绿色藤蔓搭起的水域长廊，阳光打在上面，依旧幽暗，散发一种神秘色彩。周边翠鸟鸣啼，船行出长廊，两岸风光旖旎。树上、岸边偶尔可见蜥蜴在爬行，或慵懒地趴在岸边晒太阳。

当晚，我们入住在野外的一家花园酒店。途中，汽车摇摇摆摆，而我丝毫没有倦意，不肯眨眼错过路旁的每一处原生态景物，落日余晖洒在乡间小路上，铺在一望无垠的原野上，苍鹰、蜂鸟、白鹭贴近地面捡拾它们爱吃的美味，水丰草茂映照着那些鸟儿们的背影，显得更加静美。渐渐地，大地模糊，所有的事物已经变成脑海中的剪影。

夜已降临，抬头皓月当空，水一样洁净的天空，星星格外明亮，仿佛伸手可摘。世界同一片天空，此时已忘记身处故国还是异乡。周遭万籁俱寂，美丽的夜便是心灵的皈依。

客房前后两扇门。前门是一条通往露天游泳池的甬道，满院绿植，后门绿草如茵，弧形围墙上布满五彩缤纷的鲜花，月光如银，借着月色眺望远方是一片茂密的森林。我独自坐在房间，把心安放于这美好的夜色中，突然听到窗外传来"嘎嘎。"的叫声，瞬间，给夜色增添了一丝神秘的色彩。凭感觉，声音来自屋后的林间。这是我从未听过的声音，并不动听，也不恐怖。那鸣叫声时断时续，直鸣叫一夜。不知是何物，声音如此嘹亮，使我夜不能寐。次日，天微亮，我迫不及待地跑出去，想看个究竟。只见高大的柳树上垂下金色的长尾，我屏住呼吸，悄悄靠近它，它将头埋在树干的叶片之间，泛着光晕翠绿色，长长的羽翎垂在树下，孔雀，我忍不住惊叫。于是，那只孔雀拍拍翅膀跳到更高的树干，旋即，拍拍翅膀，展开长长的羽翼飞走了。

我有些失落，多想靠近它啊！我悻悻地走出酒店，只好去寻另一处风景，突然耳边又传来孔雀的叫声。对面的屋脊上，屋檐下的草坪上，路旁的树上，到处都是野孔雀，它们三三两两，三五成群悠闲地时而走动，时而高歌。

多么美丽骄傲的野孔雀，羽毛丝滑高贵，头上插着一顶"王冠"，修长的脖颈扬起优美的弧形，一双妩媚的黑色眼睛，衬托两道纤细的白色羽毛，从淡蓝到浓郁的蓝色羽毛覆在脖颈，直到身体上的翠绿色羽毛上还点缀着星星点点的蓝，淡黄，深红，浅灰五彩斑斓的羽毛，娇小伶俐的身躯拖着多色的羽翎，呼啦啦展开翅膀又收拢，仿佛房屋，树木，草坪都被赋予了生命，有了灵性，一切都是那样的婀娜多姿。

一只孔雀足够炫目，一群孔雀飞上天空，羽翼迎风飞舞，那么明艳，那么美丽。此刻，伫立，心已被蓝孔雀带走飞翔……

芦花如雪

关掉音乐，沿着悠长的小路缓步前行，阳光时隐时现，眼前的白桦林挺拔隽美，脚下的花草点缀大地，水边的芦笛优美地垂下头。每到冰凌花开的时节，我都会不由自主地回忆童年，想念已经离世的母亲。

母亲是记忆宝库里一颗璀璨的明珠，使往事的光泽闪闪发亮。

年幼时，因为家庭变故，我们全家流落到一个偏僻的小山村，在那里我度过了温暖而又凄苦的童年时光。记忆中，母亲总是用她并不伟岸的身躯护佑着我们。平日里，她总是习惯低声温柔地说话，即使偶有愠怒，也只是一句平淡的责怪，从来没有严厉或者愤怒的眼神。但我们兄妹几个都敬畏母亲，母亲一句轻描淡写的提醒，会促使我们即刻纠偏改错，避免任性造成的后果。

记得小时候看到故事书里描述的地主个个令人深恶痛绝，长期的教育在我的内心深处也种下一颗憎恶的种子，但突然有一天，年少的我在不经意间听说母亲竟然是地主的女儿，我当即惊呆了，这是整个童年最让我震惊的一件事。

在那个荒僻的村庄，开阔的田野边缘是大片的白桦林，母亲时常带着我到林中拾柴、挖野菜，捡拾野味。寒冬来临，天空及时地落下了第一场雪，雪花在白桦林上空飞舞成蝶。在每年天冷之前，母亲都要把八个子女的棉衣缝制完成，还要做完邻居"半疯"家七口人的棉衣。母亲不忍看到"半疯"家的孩子冬季挨冻，便主动承担起帮她一家缝制棉衣的事，这是冬天里的御寒大事。

"半疯"因精神障碍，乡人给她起了这么个绰号。仙桃是她的女儿，一天半夜敲门到我家来避难，她手里拿着一根红头绳，说"半疯"又打她了，她跑到山上去自缢，想想又不忍，于是跑到我们家来。类似的事情曾多次发生。

天寒地冻，北风呼啸，窗外雪花扑簌簌地击打窗棂，仙桃手中那根又短又细的红头绳，应系在她十五岁花季的发梢。母亲叹息一声，立即安顿仙桃在我们家住下。

第二天早晨，她的"半疯"妈妈突然闯进门来，从炕头上揪起仙桃，劈头盖脸一顿打……仙桃躲避在我母亲的身后，母亲一边劝说，一边用她瘦弱的身体阻挡，却怎么也抵不住"半疯"向前冲的力量。情急之下，母亲大声喊："傻妹子，你的棉衣还没做呢！""半疯"一怔，立即放开仙桃。

那年大雪来得格外早，母亲要收屋后的高粱过冬。"半疯"几次穿着单薄的衣袖找上门，哆哆嗦嗦地给母亲看她可怜的样子。母亲已经熬了许多夜，忍着刺鼻的异味，给"半疯"家的棉衣拆洗完毕，然后挑起油灯缝制"半疯"家孩子的棉衣。母亲抓住她的软肋，及时制止了一场家庭暴力。

大雪淹没整个村庄，只留一扇门，让急促的脚步，踩着最后一声清脆，接近壁炉。

熬过漫长的寒冬，春天终于来了。整个白桦林闪耀着光亮，布谷鸟开始啼叫，河口响起冰雪融化的声音。

在村街上，一群孩子追赶背着电影箱子的城里人，原来今夜有露天电影，花丫早早地坐在村头道上。

遥远的岁月，让人喜悦的春天，放在脑海里，变换成万千种花朵，冰凌花、苦菜花、葵花、格桑花，它们并不富贵，却是长在大地上最美的风景，也是女孩子欢呼雀跃的缘由。

乡人们披着棉袄或者顶着外衣，不约而同地挤成一团，花丫早已搬一块石头坐在路中央。河口开化伴随着放电影的消息迅速传开，这是全屯男女老少的节日。人们盼电影盼得太久了，盼了整整一个冬天。花丫是我童年的闺蜜，她展开自己的衣服搭在木墩上，示意我坐在她的身旁。我们靠近银幕坐下，除了高于我们的人群和夜空，还有需要仰视的银幕，和形形色色在银幕上活动的人。我在思考他们之间交流的语言，猜想即将发生的剧情。常常，在放映的过程中，一阵风吹过来，呼呼地鼓动影幕，观众席位上顿时响起一阵嘘唏。我们是多么热爱电影啊！

多年后，我听说花丫离世的消息，具体原因我没探听，我不想在记忆和想象中，敲碎昨日美好的梦。我为花丫哭了一场，然后果断地关上了思念的门扉。

麦子成熟时芦花顶了一头白雪，秋天这是一个多么盛大的季节，清浅的荷塘也在传达鱼肥米香。

儿时，我喜欢站在窗台踮起脚尖向山下眺望，靠近大山的水塘被抽干，小鱼小虾和蛤蜊在软泥里乱蹦，一些男人们跳进水里打捞小龙虾。

而我继续捕我的蝴蝶，追一只蜻蜓停到王奶奶家窗前。王奶奶无儿无女，她特别喜欢小孩子们，有时会把我抱起来放在她家炕沿，塞给我一块糖。我环顾四周，出奇的寂静，莫名的冷清使我立即跳下来跑回家。

秋天，如雪的芦花立在岸边，我经常把排列无序的往事提上岸，再放入光阴的谷底。

芦花飞舞，世界一片洁白。

两棵树

院落残雪尚未消融，一只鸟衔起圆滚的雪球，调皮地跳着小脚，以倾斜转身的动作飞走了。它侧身飞翔，使我看到薄霜在它口里融化，它叼走的是一粒种子。

篱笆圈不住飞鸟的身影，也圈不住春天，阳光洒落屋顶。每到此时常青藤和迎春花会在我心里疯长。

早春三月，北方大地并不茂盛，仍旧在孕育中成长。

我有两棵树，确切地说是三棵可观赏的苹果树，其中一棵被阿姨不小心用热水烫死了。满树细嫩的叶子变黑，蔫蔫地垂下，不知情的我四处咨询求药，细心呵护施肥。结果在时间的河道里，它变成一把干柴，或许点燃火能使它幻化出生命的妖艳，我不忍心听它最后的尖叫，还是放在角落，死去也是灵魂的复活。

只剩两棵苹果树，树身约一米高，树干呈弯曲状，即便没有花朵和果实的点缀，也有着乱枝纵横般的艺术之美。小小院落，它立在一个大花盆里，身后布满花花草草，万物是它的背景。靠近牡丹，它显得安静优雅；靠近芍药，它与世无争。蔷薇花像伶牙俐齿的小姑娘，浑身是刺，伸出纤细的枝条，搭在苹果树肩上。苹果树敞开胸怀迎接过往的风。

满树花蕊的苹果树特别惹眼，但未结一颗果实，这使我失望。特别是秋季看到它的叶子逐渐枯黄，像临终的孤寡老人，闭口死去，没有可以诉说的遗言。开过花虚度一个葳蕤盛夏的年华。

后来我竟然喜欢含羞草，含羞草贴着土壤，长得不高，花期虽然短，但那娇小可人的神态，看着有种触动灵魂之美。毛茸茸的小花，被阳光梳理得干净清爽，稍一触碰叶子立即抱紧自己，这种与外界的互动，又灵动地契合，代表植物虽然沉默，但是它们的确拥有鲜活的生命。

十月寒霜降，苹果树的叶子落光了，两株树赤裸裸地站着。放目远眺秋风萧瑟，此景如"茧"很想包裹自己，收藏自己所爱之物。

为了抵御寒冷的侵袭。我挪动花盆，把一块筒状的防寒塑料打成结，套在一棵苹果树上，把另一棵苹果树搬进屋里。

雪连续几天飘飘洒洒，茅屋染成白发，众花不再招摇，厚重的白铺满大地，窗外的苹果树被雪掩埋。我回头看看屋内这棵苹果树，窃喜，假如它会说话，我们能相互交流，促膝长谈，我会告诉它，我是如何钟情和偏爱它。相信它来年一定会早早地开花，结出令我意想不到的硕大果实。

正月苹果树开始打苞，渐渐吐出光滑嫩绿的叶片，给枯燥无味的冬天平添春的色彩。

每天早晨我做的第一件事，就是走到树旁，看它伸出了几片叶子。二月它竟然开花，只开两三朵，浅粉细碎的小花挂在树间。后来只有叶子不断生长，花儿还是那两三朵。

直到三月，须臾之间天地敞开春的门扉，潜在园中来路不明的两只灰鸽子，飞走了。它们更喜欢春天的天空。屋外的苹果树隔着防寒塑料，看不到它生命的信息，屋内的树已经长满椭圆形的叶子，几朵小花已经凋谢。我相信经过一冬天室内保暖，它在春天一定会开出更多灿烂的花朵。迎着阳光，我把它搬到室外。油亮的叶子在微风中颤抖，我花园里的"迎春树"是最美的风景线。

防寒塑料上的积雪化成一汪水，我轻轻抖落，为经历一个严冬考验的苹果树揭开盖头。健壮的树干泛起红晕，满树生出了翠绿的嫩芽。我发出感叹，虽然有如此生动之美，但此树定长不过彼树，室内的树叶已经茂盛得哗啦啦作响。

三月虽然渐暖，毕竟春寒料峭，突然又降一场大雪。小草垂下眼帘，两只鸽子又飞回来倚在墙角。我从室内搬出的苹果树，叶子湿漉漉挂着轻霜，齐刷刷地耷拉着脑袋。另一棵树抽出的嫩芽探头向着光，树干湿漉漉的，不减初春洒脱的色彩。

室内搬出的那棵树，叶子都掉光了。生命存在，一切重新生发，重新开始。

室外迎寒而立的树，已经枝繁叶茂，挂满树干的叶子，次第吐出花蕊，浅粉、雪白的花儿，数不胜数，开满枝头。看着这一树花开会不自觉地想起林徽因《你是人间四月天》的诗句："雪化后那片鹅黄，你像；／新鲜初放芽的绿，你是；／柔嫩喜悦……／……你是爱，是暖，／是希望，你是人间四月天。"

一位花友告诉我苹果树不结果的秘密，我恍然大悟，原来是需要授粉。如同蜜蜂采蜜，传播花粉，它们同样渴望爱情。

生命需要遵循大自然生长规律，更要经历困苦、磨难，才能超越自己，完成抵达。

我的两棵树，一棵已经结果，另一棵还在涅槃中成长。

土地的秘密

披着清霜的豆荚笑了。山峰伟岸，在苍穹下层层叠叠地排列着。道路宽敞，路两旁小房子的炊烟袅袅娜娜地伸展着。蜘蛛结它的网，水塘涨满了水，月亮影子清浅，土地肥沃喂养着植物与生灵。

这是个深秋的季节，向日葵歪着脑袋朝向太阳，高粱举起火红的头巾，波浪似的颗粒厚重饱满，玉米挺起胸，怀揣收仓的心事，大地辽阔，稻谷垂下头，光影闪烁。行云落在水里，湖水扬起鹤鸣。

走在乡村小路，路两旁三三两两的农用车载着新碾磨的稻谷，悠闲地停在树荫下，等着过客购买。

一对年轻夫妇坐在路旁，我以为又是新米上市，远远地看一眼，女人笑呵呵地招呼："买螃蟹吗？我们自家养的，刚打捞出来的新鲜螃蟹。"我暗自猜度："不一定是跑到哪个海滨城市弄的螃蟹糊弄人呢，这小山村，既无湖又没海的，哪有什么螃蟹！"

我转身要走，他们的声音又拉了我一把，好奇心使我忍不住又回来。

男人轻轻抖抖网，无数只螃蟹在网里翻滚。女人热情地说："今年螃蟹可是大丰收，你买吧，我可以再便宜些。"

女人坐在支起的凉棚下，指着稻田说："这是俺家稻地，今年放了很少的蟹苗，结果成活率很高，产出这么多螃蟹。看看这稻田蟹多肥啊。"

果然是刚出水的新鲜蟹子。女人递给我一个小板凳，我们仿佛熟识的朋友般闲聊。

她说今年稻子丰收，螃蟹也肥。种田、养殖螃蟹成为她的生活乐趣。五月禾苗正青时可以把蟹苗投入水中，不过，田埂需要加宽加高。田埂上需要覆双层塑料薄膜，也可在稻田四周围起光滑的石棉瓦或聚乙烯网片，螃蟹会挖洞，以免逃脱。养殖稻田蟹水质要保持清澈，水量也需要保持一定高度，既防涝又要防旱。我禁不住感叹说："这么复杂的工序，好辛苦啊。"她说："没觉得累，守着它们从颗粒大小变成大螃蟹，这可是看得到的收获。特别夜深人静时，你会听见稻田地里传来'唰唰'的声音，这都是螃蟹活动的声音。听到时心里美着呢。"

我举目远眺，对面一排排高大的白杨树，掩映一片金黄，微风徐来，稻浪如金子般跳跃。目光所及的地方是土地凸起的茂盛。低垂的稻穗，从不说它脚下的喜悦，这是稻田的秘密，也是丰收的秘密，是我目光未曾抵达的土地的秘密。

母亲河

多年前的清水河岸到处是野草甸子，父亲经常带着哥哥到清水河钓鱼，河里的鱼特别多，用不上一天就能钓上一小桶。

父亲喜欢钓鱼，更喜欢狩猎。父亲的狩猎伙伴是邻居旺叔。母亲极力反对父亲的这些嗜好，多次劝阻，但父亲每次都被旺叔"嬉皮笑脸"地拉走。两个人扛着猎枪沿着清水河钻深森山老林。

母亲经常把过往的事讲给我们听。

有一年初秋，散淡的白云挂在树梢，林中铺满落叶。这天父亲和旺叔小有收获，没等进入森林他们便看到了一只狍子，父亲一枪就把狍子撂倒了，旺叔在山外转一圈，也打到了好几只山鸡。他们哥俩心满意足地向深山里走去。旺叔说："这是个好兆头。今天一定能弄个大的。"父亲微笑着点头赞同。他们带着干粮和水壶，饿了啃一口干粮，渴了接点山泉水。大自然赐予的丛林和阳光拥抱着他们。不知不觉临近黄昏，却没有他们预想得那么好，手里还是早晨收获的那点猎物。他们扛着落日的余晖往回走，突然，远处传来巨大的响动，父亲抬头见一只壮硕的黑熊正从树上往下爬。父亲把手搭在叔叔肩上示意叔叔不要动，担心惊动黑熊，引起熊攻击。

旺叔甩开父亲的胳臂，熟练地举起枪。熊没发现，它背靠着大树来回蹭，摇得橡树哗哗作响，更增添了地上叶子的厚度。旺叔"啪"的一枪打在熊的后背，熊猛地蹿起来，飞也似的逃跑。旺叔随后紧追，跑着跑着，眼前出现了一个壕沟。旺叔在壕沟前停下，壕沟比较宽不好跨越，旺叔想把枪扔过去，自己再想办法跨越。他用力将猎枪向对岸扔，没想到猎枪把朝下枪口朝上掉在了壕沟里，猎枪走火打在了旺叔的眼睛上，旺叔一声惨叫倒在地上。父亲跑过去见旺叔左眼流血不止，他勉强地把旺叔挽扶了回去。到医院检查，医生确诊说："左眼失明。"

那年旺叔才23岁。

年轻英俊的小伙子落下残疾。母亲语重心长地对父亲说："看看，多可怕。以后可不能再打猎了。猎物弄回来我也不给你做。"父亲一声不吭。叔叔在医院养伤，父亲没有了狩猎伙伴，又捡起垂钓的乐趣。带着刚学会走路的哥哥去清水河钓鱼。哥哥提着小桶父亲扛着钓竿，两人来到清水河坐在岸边垂钓。那天风特别大，尘土飞扬顺着河岸刮来。哥哥蹲在岸边，眯着眼以防灰尘吹进眼睛里。风刮得水波荡漾，宽阔深邃的河面也显得灰暗。父亲没到钓几条鱼，他正烦闷，这时又刮来一阵大风，忽地把哥哥吹下了河岸。父亲手疾眼快，一把拉住哥哥，没等哥哥落水，父亲就把他拉了上来。如果父亲不及时拉住哥哥，恐怕哥哥会有溺水的危险。

父亲心疼地把哥哥揽入怀里。

父亲回家把他们在河边的遭遇讲给母亲听，母亲面无表情地坐在炕头喂小妹。

风还在呼呼地刮。门前那棵老杨树也跟着和鸣，站在树上的喜鹊随着树梢摇摆不定。父亲提起猎枪"啪"的一枪，落地两只喜鹊。父亲边捡边说："哈哈，好长时间不打枪了，手痒。"父亲推开门，母亲见受伤的小喜鹊喳喳乱叫，赶忙说："快把它们放了，再也不要捞鱼打猎了。它们是生命，我们也是生命，都有父母儿女。"父亲紧张地推开窗户，把受伤的鸟放飞。

此后，父亲再也不狩猎了。

母亲的记忆深入河水，浸入我的心田。

参与或旁观

初春令人满怀欣喜，内心仿佛也有一颗萌动的种子将要发芽。

或许因为北方的冬季过于寒冷，所以春天刚一临近内心便萌生出了对温暖的热切期盼。

我有一个小小的花园，推门即是，不敢奢望太多，只要与心灵契合能移花栽木即可。

每到三月，园子里就有动静了，冰凌花嫩黄的花蕊顶着晶莹剔透的冰碴，笑盈盈地朝向太阳。芍药、牡丹、野百合像襁褓里的娃娃包着五彩头巾探头四处张望。

自然的生长离不开目光的期盼，初春更多的荒芜使我偶尔感觉空落落的。

不论播种或是栽秧，都要考虑它未来成长所需的时间。明知这是人类农耕千百年亘古不变的道理，但是渴盼园中茂盛的我仍有些贪婪，每次都忍不住种下了过多的种子，这使花儿们拥挤地抱成团，争先恐后地开放。蔬菜可不惯着我，每年都不会有太多的收成。

我喜欢韭菜，插在地里绿油油的不吃也好看。韭菜生命力极强，像野草一样，只是年久较稀薄。

几次想补苗，却寻不到韭菜根。

一次去乡下集市，获得不一样的"收获"。

集上的人络绎不绝，散发着新鲜蔬果清香的气息。

走到集市末端，见路旁站着一位三十岁左右、虎背熊腰的壮汉，壮汉面前的地上铺着一块银灰色细毛绒毯，毯子上摆放得琳琅满目：大小颗粒的花籽、菜籽，还有农药、鼠药、苍蝇药，等等。

我站在那自言自语道："品种这么全，如果有菜苗就更好了。"壮汉斜睨我一眼，抱肩、抖腿、仰头望向天，像个旁观者似的说道："嗨，这你就不懂了。我这里有韭菜籽，撒到地里很快就能长出来。亲手种的多好，你们这些人啊，就是懒。"他那不屑一顾的神态，显然是你买不买都无所谓，见这气势，我没敢讨价还价，如获至宝般买了些。

回家竟忘记各种菜籽的名称，于是向阿姨求助。阿姨从厨房走出来，说她家的菜园都是她婆婆侍弄，她也叫不准，只识个大概。

她帮我大致辨识后，我按自己划分好的土地种上。

秋天，终于长出细细的芽苗，直到第二年夏天，仍旧是很毛躁细碎的小苗。我仔细观察，是草！不敢相信，整片韭菜地撒下的种子不是韭菜，而是野草，有的竟已结出草籽了。

吃惊之余，也对那位欺骗我的壮汉感到十分生气。

这小小菜园，竟生长出品类如此繁多的植物，一时内心泛起各种滋味。我深知这些无名花草的不容易，都是日夜兼程披星戴月奔赴人间的生命。我没忍心拔除，心想：顺其自然，让它们和我的葫芦、西红柿、黄瓜一起成长吧！

时隔多日，去乡下朋友家的菜园参观，真羡慕她满园的茂盛。站在菜畦边突然想起我也种过芹菜，记得芹菜馨香的气味曾经爬到我的鼻孔，如今它已被野草淹没。

光阴一天天消逝，那些秧苗们在我日积月累的目光中成长。不知是我辛苦，还是它们辛苦，而不管怎样我却舍不得摘下它们的一粒果实。火红的石榴、西红柿张开了嘴，黄瓜挂在枯藤上，豆角像玲珑锋利的小弯刀一样挂在架上，即便尖锐我也舍不得摘下来。

一次长途旅行回来，见洋姑娘的果实落了一地；紫葡萄几场霜降变得干瘪；辣椒站在冬天茫茫的大雪中——它们错过了采摘的季节。

而从生长到结束，我既是旁观者又是它们生命中的参与者。

是我的拖延浪费了它们的生命，还是它们的生命给了我更多季节轮回中的期许呢？说不清。

但我深深知道，所有的花朵和果实，都开放在欢乐的过程里，这和人世间的许多事物雷同。至于收获与否，不在意也罢。

阿勒泰的花野

此时的阿勒泰，已近深秋时节，置身其中，感觉有微微的凉意。沿着蜿蜒的路径向里走，层层叠叠的山脉像一本被风吹动的书：胡杨林、红柳、樟子松、白桦林、梭梭树……每个转角，每次翻越，都是刹那又永恒的美景。

太阳光彩夺目，细细碎碎地迎面扑来。林间寂静得除了风声，就是喀纳斯河水的声音。

牛奶似的喀纳斯河水，浪花回旋得干净利落，像淡雅素净的鲜花摇摆，光滑细腻的水波拉起波纹。

比起河流，喀纳斯的湖水更加安静，似一条轻柔弯曲的绸带被目光收拢。一会儿像翡翠，一会儿像宝石，一会儿像麦浪。我相信无论谁跋涉至此，都会以为进入了仙境，忘记归路。

站在秋天的高岗上，喀纳斯湖全貌尽收览眼底，河水也仿佛绕着群山奔来。我看见群鸟在天空环舞，振翅飞翔。

野花星星般地点缀在果树下和草丛间，阵阵芳香在风中弥漫。

这时，令人震惊的画面兀然出现，在眼前铺展——遮天蔽日的烟雾在林间升腾，烟雾和树林同时晃动，瑟瑟有声。我一阵疑惑，仔细观察，才揭开谜底——原来是千万只牛羊转场腾起的尘土。

哈萨克羊膘肥体壮，灵活地跳过石崖，"咩咩"地呼朋唤友，成群结队的牛迈着方步不急不缓地向牧道走去。枣红色的骏马皮毛光洁油亮，浓密柔顺的鬃毛被风吹过显得更加英姿飒爽。它们在草甸上悠闲地垂下尾巴摆动着，边走边低头吃草。没过踝骨的水，清澈见底，把那小山和牛羊的影子揽在怀里。

骆驼慢悠悠地走出森林，背上驮着哈萨克族牧民的帐篷、被子、餐具等生活用品。骆驼抖动驼峰，高傲地仰头，顺便拽几片叶子放到嘴里不慌不忙地咀嚼。这庞大的队伍浩浩荡荡，使人目不暇接。

一只活泼可爱的牧羊犬，蹦蹦跳跳地从林间钻出来，它回头看看主人。男主人骑一匹最帅的骏马，怀里抱着他的儿子，女主人也骑着马抱着她的女儿，从林间走出来。他们如同战场上胜利归来的英雄，叱咤风云地飞奔。此时，山河与天地有些拥挤，道路也变得狭窄。

整个强悍的队伍，牧羊犬体态最小，小得像个板凳，它"汪汪"地叫着，同牧民一道忽前忽后看管牛羊，像不辞辛苦的管家跑来跑去，忙得不亦乐乎。

虽然它体态小，却毫不逊色。它插进骆驼的队伍，再挤进牛羊的队伍，和主人一同统领守护着向前奔腾的千军万马。

连绵起伏的大山，顺流而下的河水，一泓安静的喀纳斯湖水，鸟鸣时起时落，太阳的光线落在牧民的肩上，落在遍地的牛羊身上。

在广袤的土地与浩瀚的林海，发现一个小小的村落，是大地上的一桩喜事。

喀纳斯湖畔有座禾木村，住的是蒙古族图瓦人，自然原始古朴的村落，大山像图瓦人一样神秘。小木屋的建筑看似参差不齐，实则错落有致。禾木河穿过木制的小桥，穿过大片的白桦林，静静地流淌。炊烟袅袅升起，苍鹰在天空翱翔。

　　阿勒泰的花野无须修剪，却已经是人间仙境。

雪　城

北方，在秋冬交接之际，自然景物色彩单调。吹来的风也并不悦耳，仿佛草木垂死挣扎的呜咽，树干突然发出骨折般的响声，河水传来凝结成冰的声音，没有一点万物葱茏之感。

此时特别期盼下一场雪。

还有什么比铺天盖地的大雪所营造的世界更美的呢？一场雪飘飘洒洒地把你和城市淹没，于是你也变成一片大雪花，与天地融为一体，多么洁白的美。

如果说"因为一个人爱上一座城"，那么我是因为一座城而爱上一场雪。听父亲说，曾经我们在此住过，某街某巷曾停留过祖辈的足迹。后来我们搬走了，再后来我又住回了这里。遗憾的是忘了问母亲我的出生地，但也无妨，一个人如果不知道自己的出生地，那么走到哪儿都是故乡。

对于北方人来说每年的第一场雪都是新鲜的，人们仰望天空，禁不住发出惊呼："下雪啦。"内心萌动莫名的惊喜。诗人推开窗子吟诗，摄影爱好者追着雪花拍照，孩子拿出小铲刚要堆雪人，哎，雪突然停了。稀薄的雪花浸入土地，泥土恢复原色。湿漉漉黑漆漆的，这使人有些失望，好几天都怀念那场雪。

不用急。雪花会泼墨般反复地下，一场压一场厚重的白，只有这样才证明是冬天。只有零下二三十度才是北方，才可以唱"在那飘雪的季节里，我们在长春相遇……"

进入寒冬，下场大雪，整座城市便变成童话般的世界，高耸的楼宇顶着白色的帽子，路旁的松树像个美人，举着白色头巾，微微低头，摇摆。一粒雪花奔赴另一粒雪花，落到哪儿都是同类，落到哪儿都是它们的家。

停靠的汽车扛着雪，站成自己的轮廓。奔跑的汽车穿上雪花制作的棉衣，步履蹒跚地走着。

大雪一视同仁，平分雪色。

很难辨认汽车出自何处，它们的身份没有贵贱之分。唯有车窗露出一双眼睛。它们喘着粗气，在大雪中摇摇摆摆，有的趴在雪里，推也推不动。扑簌簌的大雪中传来爽朗的笑声，前面汽车里的司机，后面汽车里的司机，走在路上的行人，站在交通岗的交警，他们不约而同地推动"瘫痪"汽车，于是马路上的汽车，像一只只企鹅不慌不忙地走向远方。飘满雪花的世界，只有它们徐徐前行，才看得出静止中下雪的城市有人间烟火。

陌生的面孔因为一场雪，相互取暖，露出友善的笑容。

大漠胡杨

　　它是茂密的丛林，也似古战场，一株株一片片散发着坚毅神秘的色彩，在广袤的沙漠里生机勃勃。不知是南来北往的风还是天上野鸟衔来的种子，它们千万年前就扎根在这片滚烫干渴的沙漠上，祖祖辈辈毫不示弱地抵御着飓风、沙尘、干旱的肆虐。光闪闪的叶片，伸向蓝天，好像从未因干旱而饥渴。其实不然，如果仔细观察，便会慨叹于大漠胡杨的与众不同。

　　初次看到胡杨树，是在去往新疆的路上。那是去往布尔津五彩滩的早晨，太阳从地平线上缓缓升起，五彩滩在阳光的沐浴下闪耀斑斓。我拾起几粒好看的石子又放下，不忍将大自然的礼物归为私有，阳光泼墨般散布开来，额尔齐斯河与对岸的河谷映入眼帘，河谷丰美，清澈的水域长满种类繁多的树木，此时耳畔响起一声惊呼："看！胡杨林！"

　　话音刚落，声音惊飞了隐藏在丛林深处的大鸟，大鸟以优美的姿势在水面滑翔，继而于此岸向彼岸低旋。它们掠过一片茂密的胡杨林——准确地说，并不只是大片的胡杨树，还有些千丝万缕的藤蔓以及辨不出名字的各种小树混在其中。当然，更为显眼的是胡杨树，它们立在水岸，青绿色叶子随风起舞，沟壑间横七竖八地卧着年长的胡杨树，树上叶片稀疏但并未被岁月腐蚀，卧姿硬朗坚挺，像个老人沧桑年迈的身体里住着不死的灵魂。生命如此之顽强。

如果没有那声“胡杨林”的高呼，我真的没留意到胡杨树的存在。因为此时是夏天，在那杂树丛生枝繁叶茂的“绿伞”中，需要仔细辨别方可发现它的与众不同。后来赶上一个秋季，我到内蒙古额济纳旗专程去赏胡杨林，近距离地去观察一株胡杨，才算对这一屹立大地上的树种有了更深入的了解。

进入阿拉善盟后感觉有些疲惫，迷迷糊糊睡梦中，被火车的汽笛声惊醒，只见广袤无垠的沙漠上驶来一辆红色的列车，它来自何方去向何处并不知晓，只是眼前闪现一副美丽画卷：三两只骆驼噘着小嘴，面容和善带着微微的笑意看着我们。

在这寸草不生，浩渺无垠的沙漠上，我终于看到了大片的胡杨林，我惊讶于胡杨树的坚忍品格和抵御外界恶劣气候的能力。它们浑身布满形状各异的叶子，小的似柳叶，娇小轻盈，大的椭圆形，像宽厚的手掌，面向阳光，有的叶片把自己裁剪出锯齿似的花边。为了吸收阳光，锁住水分，胡杨们时而昂首，时而低头，脚步稳健，根深深地扎在荒漠，以不惧酷暑严寒的冷峻抱住沙尘。

有的长在湖岸，明镜般清澈的湖泊把天空映照得瓦蓝瓦蓝。接近湖水的胡杨树长势更加惊人，树干高大枝繁叶茂，像贵妇，像亭亭玉立的少女，更像壮硕的男子。它们临水而居，吸足阳光和水分郁郁葱葱，妖娆妩媚。

时近黄昏，牧人赶着驼群，披着火红的夕阳蹚过小河，宛如悠闲健美的剪影，越拉越长越走越远，形成一幅美丽的背影，成为胡杨林的一部分。而那些倒在大地上的胡杨树，把沙丘装点得像古战场。它们横七竖八地卧在戈壁滩上，每一株树造型不同。

经过千百年岁月打磨的纹理，一条条缝隙布满沧桑，躯干坚硬高大，枝丫有力地伸展，像英雄倒在战场，保持永不屈服的神态。

千姿百态的胡杨，有的孤独地坐着，有的在荒漠中紧靠一处，它们一同构成成一道生命的风景线。虽然倒下，却不像死亡，风沙中铮铮傲骨，向阳而生向阳而死。

落日的余晖在苍茫的大漠，显得光线暗淡渺小，与一望无际的胡杨林相呼应，神秘、迷人，像一盏烛火擎在天边。"怪树林"在戈壁荒原之上显得更加空旷、苍凉、凄美。

几只骆驼悠闲地拽着树叶慢悠悠地咀嚼，它们和我一样，只看见眼前的世界，而胡杨树见到的定是千百年的世界，曾经的天空，飞鸟，一代代人类留下的足迹，还有更多的风霜雨雪。多么美好而又饱经风霜的世界，从不向死亡低头，千年不死的精神。

唯美之水（五题）

（一）潜水

如果水是清澈的，滚动的水珠也会晶莹剔透；如果水是蓝色的，那么一个水滴都能把眼前的整个世界染成蔚蓝。这使我想起印度尼西亚的蓝梦岛，蓝梦岛是位于巴厘岛东部的一座小岛。

坐在游轮上放眼望去，岛上错落有致的民宅，既有回归自然的大美，又有不失人间的烟火气。

第一次坐在具有透明体船底的游船，隔着玻璃船底观海，水中的生物一览无余，特别美。蓝梦岛的海水清澈，深邃，蔚蓝。一簇簇珊瑚，水母，色彩斑斓，品种繁多，大大小小的鱼群随着船的移动映入眼帘，仿佛打开一个崭新的世界。

对于潜水，我内心排斥，尤其看到一个个潜水员潜水时，海水浸入他们的颈部，马上头部也被海水淹没那一刻，我总会有种将要窒息的感觉。但是当我看到每个潜水回来的人都笑容可掬地形容海底世界的"美"时，我虽然胆怯，但也跃跃欲试地想要到海底一探究竟了。先生刚刚潜水上来，或许是因为词穷，也或许是因为他想激励我也潜入海底感受一下海底世界，不论我如何好奇追问，他都不肯说出海底所见。他俯身蹲下，面向水里的我说："不要怕，我在这陪你，你穿上潜水服在我眼前下去，放心吧，还有教练陪伴。"于是我鼓足勇气，潜向海洋深处，眼前瞬间是黑暗的世界，转即暗淡的光线混入水中，耳旁传来氧气瓶和水下呼吸器的声音。一群小鱼与我同频地游过来，它们有宽有窄，有长有短，轻灵活泼，身体五颜六色特别好看，拖着轻柔的鱼尾自由自在地游摆，偶尔可见海龟、海马、螃蟹、鲍鱼……还有蓝藻、绿藻、褐藻、红藻。最惹人注目的是珊瑚，色彩斑斓的珊瑚随处可见，如同陆地上的森林，当然要比陆地上的树木更娇艳，一簇簇珊瑚如同怒放的花朵，像羽毛小扇，更像纤细温柔的手在摇摆，在向你招手。

海的胸怀是宽广的，它把无尽的生物揽在怀中，比如：稍一侧身就能翻起巨浪的蓝鲸，巨齿鲨，身体庞大笨重的海象……

人类把大海也当作自己的家园，印尼的巴厘岛有个悬崖酒店，酒店不但建在悬崖之上，更令人惊叹且意想不到的是酒店的游泳池与海相连。泳池旁是四方形深色木制框架，一层高过一层的阶梯直向悬崖。外观造型层层下落的游泳池，毫不突兀，自然而然地连接大海。虽然超大的泳池似乎无边无际，却同样给人以安全感。毕竟游泳是从泳池开始，到底游多远是自己的问题。

水永远保持清澈，蔚蓝，海天一色。

（二）尼罗河上的小舟

尼罗河是古埃及的母亲河，在印第安人看来，尼罗河的名字很美，翻译成他们的语言是"月亮的眼泪"。记得红楼梦有诗云："天上一轮才捧出，人间万姓抬头看。"月光照亮人间，给心灵点燃一盏烛火，那么月亮的眼泪化作河水，可想而知，将会是多么的神秘美好，令人心旷神怡。

每当提起尼罗河都会使我不由自主地联想起英国作家阿加莎·克里斯蒂创作的长篇小说《尼罗河上的惨案》，这个小说后来作为戏剧搬上银幕，轰动一时，颇受观众推崇。

冥冥之中在我内心深处，给真正的尼罗河蒙上了一层神秘的面纱。

恰巧这次尼罗河之行，我独自一人住在豪华游轮包房里。在房间里时，我的脑海里反复出现故事中凶杀案件的情节，禁不住自己吓唬自己，顺势慌忙拉开窗纱。时间近黄昏，窗外斜阳似火，照在尼罗河上，河水平缓，偌大的游轮，如同摇篮悠悠地荡来荡去。河水对岸的风光尽收眼底，有棕榈树、浩瀚的芦苇荡、茂密的椰枣树、嬉戏的水鸟、山峦、撒哈拉沙漠……呈现在眼前又遁入身后。渐渐地，太阳消失于海平线，夜幕降临，来自世界各地的人们，静下来，枕着尼罗河的水声入眠，此时仿佛同为一家人。"百年修得同船渡"，虽然互不相识，擦肩而过也算是缘分。

埃及到处都是神庙建筑，这是他们古老的文化传承，每座神庙都有它具体的意义和象征。

轮船走走停停，连续四天三夜，有时泊入码头，靠岸，让旅人上岸闲游。

说着一口流利汉语的埃及领队，很少吃饭，他说本月是他们的斋月，也是他们盛大的节日，太阳升起时开始斋戒，只有等太阳落山后才可以吃喝。游轮靠岸后我们随便走走，路旁坐着一位看似穷苦的老妪。领队突然停下，双膝跪地，从裤袋里掏出几枚埃及镑，恭恭敬敬，双手呈给老人，并且温和地趴在她的耳边说着什么。

他说他曾经梦到过这个老人，认定这个老人是他前世的母亲。

此梦无法深入探讨，更无法考证真假。或许这也算是他们的缘分，是他行善积福的喜乐。

游轮进入伊斯纳水闸，这是往来船只的必经之路。由于水闸窄，船只较多，所以游轮需要列队等候。我爬上游轮的观景台，彼时安静的船舱此时突然沸腾起来，人们也陆续爬上观景台，只见巨大的游轮四周划过许多小船，船上穿着长袍的阿拉伯人手里拿着围巾、毛毯、被单、各种衣物等商品，他们将目光投向游轮，嘴里振振有词地赞美他的商品和价格。这是一场特殊的商品交易。观景台上的游客，俯身好奇地向下张望，时不时用外语和他们交流，上下距离遥远，游轮与小船，就像巨鲸和一条条小鱼。

阿拉伯人如同孔雀开屏般地抖动他们的商品，有的甚至免去交流，用力将商品抛到甲板上。甲板上的人们欢呼、雀跃，像看一场篮球赛，高耸的游轮和一叶小舟，物品与金钱上下投递，折腾良久，交易却很少成交。

阿拉伯人一时兴起，向上投起没完，商品像飞来的子弹，甲板上"噼里啪啦"地散落着各种包装完好的商品。有的客人拾起来仔细端详，确认喜欢，就将埃及镑卷进塑料袋里抛下去，偶尔抛不准落到水上，阿拉伯人会拎起网兜及时打捞回来。

甲板上此起彼伏地传来欢快、哄笑的声音。

没多时，汽笛长鸣，游轮缓缓启动、小船如同水中漂浮的落叶，各自散去。

（三）愿者上钩

坐在印度洋海岸，聆听海水卷着大大小小的浪花，拍打沙滩的声音。几个青年歌手站在酒吧门前自由地弹唱，遥遥地，海的声音将他们的歌声淹没，但是，并不影响，他们很开心，陶醉在自己欢快的氛围中。

抬头，天空很小，大海无涯，波澜壮阔。那个冲浪的孩子，再次投入海的波涛。他似一叶小舟，顽皮地抚摸大海，时隐时现。

当海水退潮时，五彩的贝壳留在沙滩上。小螃蟹似大海的谜底，揭开海水，它们有些不安地四处逃散。

渔民走在海边，如纤夫般低头拉着渔网。他们用力地拉了很久，还没收回网，不知这张大网能带给他们多少收获。

印象中，渔民都是出海捕鱼，在海边就地撒网捕捞还第一次见，据说有时甚至得全村出动拉一张网，可想而知他们的海资源有多富饶。

最有趣的是高跷渔夫。在斯里兰卡南海岸线的浅海区，渔夫插上一根根木桩，木桩中端扎上一个简易的支架，只供一人坐上面垂钓。待海水涨潮时，渔夫手持没有鱼饵的鱼竿，稳稳地坐在非常脆弱的简易木架上。细细的木桩似乎随时都会因无法承重而被折断，而渔夫安静，淡定，目光随鱼竿垂到海里。一个没有诱饵的鱼钩，只能凭耐力与自信心等鱼儿愿者上钩了。这是他们祖辈传承的最古老的垂钓方式。当然，曾经一定有过成功经验，现在多数作为景观给游人看。

一排排木桩，一排排垂钓者，俨然一道美丽的风景线。

我小心翼翼地蹚进海水，水深没膝。

走近渔夫，他们示意让我上去尝试，我却没有勇气，担心会有不可预知的状况发生。这是一件多么美好又艰难的事啊！担心和胆怯没能让我坐在其上，体验心灵与大海接壤的奇特感觉。

（四）爱琴海

这是一片蓝色的海域。站在其中仿佛自己也被那蓝色漂染。

一直以为"爱琴海"只与爱情有关，后来才知道还有古希腊神话忒修斯的动人故事……因此爱琴海既有浪漫诗意更深藏古老的历史文化，与古希腊神话有着密切联系。

站在船上远眺，海水蓝得深邃，船只泛起的浪花都是湛蓝色的。我所乘坐的游艇只有三位工作人员，一个船长，一个船员，还有一个活泼可爱的希腊姑娘。她说她叫安德莉亚，中文名字叫美丽。她边哼唱着小曲边为我们准备午餐，她手舞足蹈，不知不觉蔬菜水果竟成为她的舞蹈"道具"。她唱着跳着转眼工夫做好午餐，端上餐桌。除了面包、蔬菜沙拉，还有各种美味鱼餐。

海风顺着窗口徐徐吹来，大海的纯净使船舱里看上也都一尘不染。中午的阳光洒在海面，鱼鳞似的一波一波更加柔美耀眼。我坐在游轮甲板，看白帆迎着海风飘动的样子。迎面开来一艘游轮，白色游轮如同浮在水上的野鸟，时隐时现地在大海里畅游。

希腊姑娘走出船舱，她左手举起托盘，右手伸向海面，好像在呼唤着什么，顷刻间不知从哪儿飞来的海鸥，煽动光滑洁白的翅膀徘徊在船的上空。海鸥伸出尖尖的红色小嘴啄食希腊姑娘抛出的小鱼和鱼骨。有的海鸥浮在海面，白色的羽毛在蓝色的漩涡里游动，寻找落在海上的食物。有的只是跟着游艇飞翔却接不到一点食物。游艇好像吸盘，把它们牢牢地吸在船的左右，它们忽起忽落不肯离开。希腊姑娘将食物全都抛出后站在甲板上又开始歌舞。远处的游轮从浪花里跳出来，一群年轻人侧身倚在游轮观景台的栏杆，向这边招手，欢呼。他们也情不自禁地跳起来。

海鸥飞着飞着，悄无声息地散开。游轮隐去背影，它们都消失在茫茫的大海，只有无涯的蓝再次铺展在眼前。

（五）尼亚加拉大瀑布

多年前，在姐姐家看过一张全家福，背景是一条特别有冲击的瀑布，我忍不住问："这是哪儿？"姐姐说："加拿大尼亚加拉大瀑布。"想不到多年后去美国，儿子说带我看瀑布。我问道："什么瀑布？"他说："尼亚加拉大瀑布。"我有些诧异。

后来才知道尼亚加拉大瀑布位于加拿大安大略省和美国纽约州的交界处。为此感慨，人与人，人与水之间的缘分。我曾两次到此一游，只是两岸相隔，并且有一大段时间差距所留下的痕迹。

对于大自然的热爱，是我心中念念不忘的美好。我相信自然之美没有国界，美，对于每个人来说，都可陶冶情操，也可洗礼心灵。

记得，当晚入住的酒店，一楼是个咖啡厅，往来客人较少。

春天正是欣欣向荣的样子，野花星星般铺满原野，野鸟带领雏鸟踱来踱去，大摇大摆地穿过马路，斜阳照在门外露天圆形的大火炉上，红彤彤的炉火照得春天更加温暖，给夜色增添一份神秘浪漫色彩。

记忆犹新的是尼亚加拉大瀑布，尼亚加拉瀑布果然名不虚传。

先是跨过草木丰美的宽阔水域，途经森林，草坪。仰望，靠近大海的崖壁上住着一群群海鸥。白色的海鸥临空飞翔，湿漉漉的水气迎面扑来。眼前，深邃平缓如同大江之水浩荡，回转身，感觉天边整座大山铺天盖地，势不可挡地喷涌着湛蓝的水。哗哗哗，轰隆隆，有着"飞流直下三千尺"的壮观，顺着栈道上去也能感受漫山大"河流"行走的气魄，以及瀑布水流垂下，气势磅礴的阵势。

　　眺望瀑布下面的河谷，翻滚的大浪里可见往来的游轮，旋涡喷气艇，绚丽的彩虹从谷底拔起。直升机、热气球在瀑布上空盘旋，一望无际的瀑布奔涌着，滔滔不绝地倾泻，令人流连忘返，美不胜收。

烟火漫卷

绿皮火车

前段时间外出，偶然又乘坐了一次绿皮火车。

随着时代发展，火车提速，交通工具便利，我已经多年不坐如此古老的绿皮火车了，如今再次乘坐，感觉特别亲切、兴奋如同回到了我的青春岁月。

绿皮火车，内室简洁干净，双排座，座位之间挂有半悬空的木制茶几，靠车窗上侧有一个老式弯钩衣挂。

设计者用心良苦，把座位设计成面对面的形式，以便陌生人之间拉近距离，消解长途旅行的乏味。这种设想常常可达成心愿。

有时甚至火车还没启动呢，陌生人之间便开始熟络了："你是哪儿的？去哪呀？在什么地方下车……"如此聊着聊着，便似一家人。

火车慢悠悠地爬行，车窗和外边的风景应和着，什么季节有什么季节的剪影，春草青，柳絮飞，落叶黄，冬天白茫茫的大雪，一苍苍地压下来，火车仍旧保持军绿色，不紧不慢摇篮似的逛荡。"吭哧、吭哧""咣当、咣当""哧"的一声又到一站。不管装多少人都一个状态，不管多远的里程见站就停。

多年前在某小镇有一趟通往城里上班族必坐的绿皮火车。每天早晨六点出发，那些赶往城里上班的人们，远远地听到火车的长笛声，便一路小跑往上闯。

记得我曾向闺蜜阿洋借阅作家维克多·雨果的小说《巴黎圣母院》。一向为人大方的阿洋，小心翼翼地把书拿出来说："这部小说特别好看，一定要保管好，不要忘记还给我呀！"正说着绿皮火车带着风呼啸而来，站台上的人蜂拥而至，阿洋推了我一把说："快上车。"随后把书递给我，我们俩被挤得马上要分开，她踮脚递，我用尽全力回身取，"唰"的一声，书被撕成两段，我们手中各持半截书。阿洋的表情都要哭了。她没挤上这节车厢，换另一节车厢上车……

小站每天没有几趟火车，候车室走过几波旅客就空下了。阿兰、阿敏、阿洋还有我经常在候车室相互等候接站，几个闺蜜先在空旷的候车室内坐会儿，聊一聊当天的见闻，然后沿着铁道走，每次走的时候都会说："没多远到机场了，我们去机场呀！"所谓机场，是机场附近的航空大学。每次说到"机场"阿兰便会绯红着脸，把头低下，我们逗她，笑她害羞的样子，因为她的男朋友在航空大学读书。

铁轨无限延长，偶尔会横七竖八地交织，然后各自奔向各自的方向。

路旁的树绿了又黄，花儿开了又谢。共同见证火车的前行与时间的飞逝。

风徐徐吹动我们的纱巾、裙裾，掠过发丝。丁香花开得热烈，我们都深藏自己青春的秘密，生怕一不小心溜出去。有时也会莫名其妙平添些许忧伤，对未来感到迷茫。绿皮火车摇摇摆摆顺着轨道跑来跑去，真希望它能带我去更远的远方。

后来我家迁居在火车站对面楼的顶层，每天夜里都能听到火车滚动的声音，那节奏不紧不慢在心里震颤。开始有些烦躁，后来习惯，甚至渐渐喜欢上了这个声音。

先生每天上班也要赶这趟火车，开始的时候不适应，还曾闹过笑话。火车六点才来，先生五点就到达了火车站，他见四处寂静无人，以为火车已经开过去了。他没有手表，去粥铺看石英钟才知道是早晨五点钟。我们没有手机，晚上他回来把这个笑话讲给我听，我们相互笑了……

每天早晨我抱着年幼的儿子趴在露天阳台喊："宝贝，快说爸爸再见。"先生会仰头看向我们摆摆手，然后随着人群向火车站走去。晚上我按时抱着儿子走向阳台，看绿皮火车像一条年轻的巨龙从远方奔来。我看见人群涌动，远远地，急急地走来。我飞快地在人群里搜索那个熟悉的身影，他在楼下挥手，我再一次对孩子说："宝宝快喊爸爸，爸爸回来了。"那时的宝宝不满一周岁。

悬 壶

这是一把做工精致的老铜壶。铜壶较大，似黄金锻造般金光闪闪，放在一间小小的咖啡屋的吧台上特别抢眼。

壶身铸有游龙，细长的壶嘴是个龙头造型，龙头上面系有两朵丝绒球。拎起铜壶，那对丝绒球颤巍巍的，忽然显得铜壶身体轻灵可爱。壶身稍倾，一碗热气腾腾的茶汤立即呈现在食客面前。茶汤、油茶、杏仁茶……香甜可口。

这是老板生意不景气时，跑到北京加盟"茶汤李"所赠之物。作为小吃的"茶汤李"放在咖啡屋经营，确实有点风马牛不相及的味道，喝咖啡的客群多数是享受慢时光，而喝茶汤的客群则是着急赶路，一碗茶汤热乎乎地填饱肚子，便忙着做事去了……

由此可知咖啡店的老板是真外行。

走近咖啡屋，昏暗的灯光泛着神秘色彩，酒红色方桌两侧陈列着牛头状红木椅子，椅子靠背伸出牛的犄角，似乎象征一种吉祥。每张桌子上都有一只小巧的细嘴花瓶，瓶内伸出两枝红玫瑰。拐角台面上放着具有仿古味道的工艺品，工作间小门由低矮的木栅栏装饰，棚顶吊几盏造型独特的筒灯，绿色葡萄藤挂有几串紫葡萄密麻麻地从上面垂下来，笼罩得小屋似乎咖啡味道更浓。

吧台内陈列两台咖啡机，还有速溶咖啡粉。除了现调咖啡外，大的展柜里还有各式小点心。点心都是从食品公司运来的半成品，需要烤箱二次加工。

这些工作基本由月华完成，月华是咖啡店年龄较大的员工，她有个女儿叫毛毛。

有时月华爱人没时间接孩子，她便把毛毛接到店，经理会皱起眉头说些尖酸刻薄的话："批评你多少次了，屡教不改，这还像话吗？咋把孩子带这来？工作场所太不严肃了。这么随便，这里要成你家了……"月华弯腰点头表示抱歉，她的声音越来越小，头垂得越来越低："好的经理，我快下班了，马上带她走。"

毛毛站在墙角，有些胆怯，甚至将身体全部蜷缩到桌子底下。潘经理回转身要走，毛毛趴在桌子下露出一双小眼睛，慢慢站起来说："阿姨，我在这写会儿作业。您别批评我妈妈，来客人我就走，可以吗？"

潘经理没作声，板着脸走了。

月华继续擦铜壶。"老板说了，要撤掉'茶汤李'项目。月华姐擦完铜壶把它送到仓库棚顶。"一个服务员走来对月华说。

月华下意识地抱住铜壶，好像有些不舍……

今天林泉来了，站在铜壶旁，是月华亲手用铜壶给他做的茶汤。这是多么难得的一次邂逅，月华背靠吧台忙着服务顾客，这时林泉走来要买"茶汤李"，催月华快点做，他急着赶路。月华听到这个声音，头也没回地加快速度。当她回转身递茶汤时，抬头见眼前竟然是林泉，两个人都激动得热泪盈眶……

林泉是月华的初恋男友，他们相处三年如胶似漆。林泉从部队复员回来，准备马上跟月华成亲。他父亲请来木匠制作家具，矮式茶几、高低高衣柜、沙发、鞋架……都在计划之内。筹办喜事，正在进行中……林泉和月华住一个城市，但是双方家庭并不是特别了解。临近婚期林泉父亲突然因以公谋私贪污公款罪被逮捕判刑。

月华父亲到处打听是什么情况，结果风言风语越传越糟糕。

据说林泉父亲是造纸厂采买员，他每次出差都花天酒地地消费，买高档商品，带女人玩，给女人买奢侈品。临近儿子婚期，占用公款买房子，买电器，做家具……被人举报。这次返赃款，连婚房都得退还。

月华父亲一反常态，回家斩钉截铁地让女儿和林泉分手。理由很充分，常言道："有其父必有其子。上梁不正下梁歪。"月华父亲生气地说："林泉爸爸这么不正经，未来林泉不也得作风有问题，爱这个女人爱那个女人，凭你月华三头六臂也管不了。"月华痛哭流涕抵抗父亲的说辞。父亲一气之下把月华反锁在屋里，他托人传信告诉林泉："月华不同意这门婚事，不好意思亲口拒绝，所以让人捎话。她以后不想再见到林泉。"

林泉听此消息如五雷轰顶，辗转想找月华问个究竟，但又沉下心想他目前面临的生活困境，如此窘迫又一无所有，月华和他在一起会很苦。

无奈，一气之下离开这座城市。

月华对林泉的不辞而别心有怨恨，随便找个人嫁了。

新姑爷是父亲帮选的。父亲说："秦安多好，家境殷实。他爸爸是电力公司高管，妈妈是财务总监。虽说秦安年纪长你十几岁，人品好就行呗，会疼人。"

秦安是被父母娇生惯养宠大的，性格开朗但脾气暴躁。前妻和他离婚了，生个儿子由他父母帮忙照管。离婚的主要原因是老婆受不了他的暴脾气，莫名其妙就发火，对老婆孩子非打即骂。

月华和他结婚不到两年，烟草公司裁员，秦安被动下岗。秦安好吃懒做，借此因由宅在家里，生活费用全靠父母接济。

他父亲退休没几年就得癌症去世了，母亲也相继离世……

月华细细擦那把老铜壶，回想林泉站在这个位置和她说的话："月华后天我来听你信，你考虑好，我带你走。我始终一个人，没成家还在等你。我已经办好出国劳务手续，用不多久就走了，你和我一起走吧，还来得及。"

毛毛背起书包，手里拎着空饭盒努着小嘴说："妈妈，明天给我换个菜吧，每天中午同学们都比谁带的菜好，我都不敢敞开饭盒。你天天给我带土豆，同学们都笑话我，给我起外号叫土豆猴……"月华很难过，月华想走出去。这样她既能找回爱情，又可以挣钱寄回来让女儿过上好日子。

晚餐后女儿搂着月华又是亲又是抱，她说世上只有妈妈好，说着说着，给月华唱起来了："世上只有妈妈好，没妈的孩子像根草，离开妈妈怀抱，幸福哪里找……"月华的心突然被什么抽痛，眼里溢出泪花。毛毛说："妈妈我们班有个同学，她妈妈不要她了，把她留给奶奶，她这几天，天天哭说想妈妈。"月华难过地搂住毛毛说："放心，妈妈要你，妈妈永远不会离开你。"

林泉和一群出国劳务的工友去新加坡打工了，偶尔给月华发条信息问候。月华很少回复，她怕过多的语言引起思念。

秦安终于找了份工作，去了一家银行当保安，每天和月华换班接送毛毛，日子过得相安无事。

转眼毛毛上初中了。月华安排毛毛住校，自己终于松了口气。

初春的早晨阳光明媚，月华在露台晾衣服，手机突然响动，

"月华，来新加坡吧，我赚到钱了。现在中国来这里务工的人越来越多，昨天又到一批。"是林泉发来的信息。

月华辗转反侧睡不着，最后还是决定投奔林泉。

林泉通过电话帮她安排出国流程。

一个月后，电视新闻播报，新加坡发现一群偷渡者死在集装箱里。

潘经理站在咖啡屋摩挲那只老铜壶，边摩挲边说："茶汤都不卖了，早该把壶挂起来，就是月华不肯，月华可稀罕这个老铜壶了，她说这里有故事，咱也不知道故事在哪里。如今月华走了，听说她就在那个集装箱里闷死了。"

缘来是你

　　杨洋对胡波的家人并不了解，毕竟没在一起生活，但是胡波的姐姐胡岚她早就熟悉。胡岚曾和杨洋在一个单位，但不在一个部门。她们很少见面，杨洋经常在业余时间复习准备参加成人高考，胡岚喜欢到处乱窜结交朋友。

　　公司产品销售好，连续一周加班。杨洋刚加完夜班和同事从单位走出来，遇上一群陌生姑娘在说说笑笑，杨洋也放松心情，伸伸懒腰说："唉，这什么时候能熬出头啊！"这时身边有个人哈哈大笑，她定睛看是胡岚。胡岚一边哈哈大笑一边说："瞧你那孬样，还想出人头地。快出息吧，快出息吧，我好借借光，哈哈哈。"借着月光，杨洋顺着声音看胡岚，一群姑娘也都静下了，被这莫名其妙的嘲讽声惊呆。胡岚说："早就见过她，一脸冷傲的样子，一副装相，我最讨厌这种人。哼！"说完耸耸肩，有意走近杨洋撞了一下，顺势仰头擦肩过去。

　　杨洋有些懊恼、沮丧，又触不及防这当头一棒，一时语塞愤愤离去。

　　杨洋和胡波谈恋爱一年多，却从未见过胡波的家人。

　　胡波下班去杨洋单位门口等她，恰巧胡岚下班从工厂走出来。杨洋见是胡岚特别生气，转身想要离开，这时胡波站在门外向杨洋摆手，胡岚不知杨洋在她身后，竟开心地说："胡波你咋来了，是接我的吗？"说完挎着胡波的胳膊准备跳上自行车。胡波有些尴尬地笑笑说："姐，我还真不是来接你的，我是来接一个女孩，我新处的女朋友。"胡岚高兴地说："太好啦，我也想见见未来的弟妹。"话音刚落杨洋从背后走来。

　　杨洋见胡波接胡岚，误以为胡岚也做了胡波的女朋友。她无法容忍，特别是胡岚她更容忍不了。杨洋气得扭头就走，胡波一路小跑追，胡岚吃惊地望着弟弟的背影，她大喊道："快回来别理她，你们不合适。"

　　杨洋更加气愤，任凭胡波怎样解释，她都听不进去。胡波着急地说："我们都姓胡，她是我姐，不信明天去你单位我叫给你听。"

　　杨洋故作淡定地说："今天我有事，想早点回家。"

　　杨洋感觉很荒唐，为什么是胡岚？真是冤家路窄，杨洋同样讨厌胡岚那副咋咋呼呼的嘴脸。她和胡波相处一年多，却从未听说过胡岚。他们甚至将结婚计划都搬上了日程，可是……

　　杨洋很难过。表面上拒绝与胡波相约，心里又是那么地想念。胡波仍旧抽空去杨洋单位门口等她，但杨洋有意回避他。这天胡波突然想出一个办法，他早晨临上班前找胡岚，让胡岚帮他约杨洋。胡岚说："我正想提醒你呢，这个女孩你不能要，我不喜欢。如果你不听话我就告诉妈。"

　　姐姐严厉地说："看她天天捧个破书，小姐身子丫鬟命，你养她呀？你去问妈，看看这样的儿媳在咱家过不过关。"

　　胡波说："我们相处这么长时间，我咋没发现呢？"

　　"哼，我就不喜欢她那德行，愣装文绉绉的样子，一脸孤傲。这样的人一定要打击，藐视她。"说完胡岚转身走了。

第二天胡波妈妈继续找胡波谈话："胡波啊，听妈妈话，人品再好但是过于娇气，啥都不会做咱也不能同意。这是你的终身大事，她啥也不做可就苦了你了，这样媳妇咱家不能要。别听媒人说有多好，媒人介绍对象能说姑娘差吗？"

"妈，你不知道，杨洋不像胡岚说的那样，我们相处一年多了，我很了解她，不信哪天领来给你看看。"

"胡波这里的利害关系妈妈都说给你了，是你跟她过一辈子，你可要三思。"

胡波还是选择了杨洋，杨洋也认定胡波是她可以托付一生的爱人。

他们结婚了，结婚那天她没看到胡岚，在公司也好久没见到胡岚，她好奇地问胡波："胡岚呢？"

胡波生气地说："嫁人了，远走高飞，嫁给了一个全家都不喜欢的老男人。"

弃　婴

　　商业街的橱窗内摆设着各种美食：粽子、烤鹅、米肠、酸辣粉……过道上有秩序地摆放两排标有"百事可乐""可口可乐"文字的桌椅。桌子上撑一把硕大的遮阳伞，有深红色的、有藏蓝色的，不论什么颜色都与铁制圆桌色彩相统一，要么是一排红，要么就是一排蓝，这是规定的。这是有证件的售卖点，可以正大光明地经营。街边巷尾，橱窗旁有挎筐的、推小车的、端铝制方盘子无证经营的小商小贩，城管或工商部门工作人员一旦走近，他们就风似的奔跑。有个绰号叫"大面袋子"的小伙子，天天站在烤肉串铁棚子旁叫卖："瓜子啦，卖大瓜子啦。"边说边往铁棚子里飞眼。铁棚子里的胖丫拿一把竹签子调侃地向外比画说："我扎死你。""大面袋子"这时才肯把大嘴巴合上抿嘴乐。

　　"大面袋子"长相憨厚，粗壮，天生少白头，浓厚的头发一半是黑的，一半是白的。

　　他是个被领养的弃婴，领养他的是个老奶奶。老奶奶早年守寡，靠卖鞋垫、卖瓜子为生。

　　在一个冬夜，寒风四起，奶奶捧着鞋垫，拎着手拎兜摸黑推开平房的栅栏，突然听到好像有猫叫，她站稳定睛一看是个弃婴。单薄的棉被裹着幼小的身体，小脸冻得通红。她连忙把孩子抱回家。

此后她的世界多了一份快乐和期盼。她省吃俭用节省下钱来给孩子买奶粉。经常因没钱买奶粉而自己不吃饭，把仅有的一点米弄成糊糊喂婴儿。小男孩不喜欢吃，摇头哇哇哭，接着口吐白沫，抽搐，吓得奶奶面色苍白露出恐惧无助的神态。她放下面糊糊，手足无措。忽然，孩子又恢复正常。她心里嘀咕，一定是面糊糊造成的，打那以后，她不吃不喝借钱也得给孩子买奶粉。却不想，孩子喝奶粉也经常出现大哭气短，抽搐的现象。她四处求医问药，找偏方都不奏效。邻居宏杉的儿子在医院工作，宏杉帮忙陪老奶奶一起去给孩子做检查，结果发现是先天性心脏病，随时都可能犯病，随时都有生命危险，尤其不能有情绪上的波动。奶奶连连点头致谢。

奶奶更加怜爱这个弃婴，上哪都带着，生怕有什么意外。孩子八岁时，到了该读书年龄。奶奶弓着腰送他去上学，老师问："这是您孙子啊？"小男孩说："不，她是我妈妈。"说完拽着奶奶的衣服猫在身后。小朋友们围上来起哄，看这个老奶奶有这么小的儿子。"哈哈，我奶奶比这个奶奶都年轻。那就叫'太奶奶'吧。"小朋友们拍手笑。奶奶说："叫什么都行，反正这是我宝贝。"

小男孩特别贪玩，从小就不喜欢读书。奶奶怎么劝也拗不过他，还不敢惹他生气，只好依了他，他小学三年级没读完便辍学。

奶奶每隔一段时间就会去裁缝铺捡拾布头，做鞋垫卖。有的老板好心把裁下的碎布给她留着，奶奶弓着腰踮着小脚，舒展开皱纹，露出感激慈祥的笑容。她每天晚上贪黑手工缝制鞋垫，起早点燃煤炉架起小锅炒瓜子。他们家穿过几个胡同，绕过寂静的居民区即可到达人声鼎沸的商业街。

奶奶坐在商场侧门的阶梯上，展开花布包，整齐地摆出几副鞋垫，一包瓜子。阶梯过往游人如织，奶奶像一只乖巧伶俐的老花猫安静地蜷缩在那里。不管谁驻足买她的产品，她都会流露母亲般和善的目光，柔声细语地说："拿好别撒喽。"或者："孩子天凉，我帮你把鞋垫垫上吧。"

小男孩穿着邻居送的不太合体的旧衣服，黑色半袖印花 T 恤衫，牛仔裤，运动鞋。最抢眼的是在他背上常年背着的一块方方正正的白色棉布，棉布上面缝制他家住址，下面更醒目地缝制六个字"救心丸在兜里。"这是奶奶日夜难眠想出的向路人伸出求救之手的妙招。

小男孩在阶梯上下钻来跳去，跑累了回到奶奶身旁，奶奶拿出手帕给他擦擦汗，递他水壶让他喝口白开水再出去跑。小男孩喝完水站在奶奶身后搂着奶奶的脖颈，继而小手翻动她光滑的头发，心如长草般晃动："妈妈，我饿了，啥时回家呀？"奶奶翻开折叠仔细的手帕，拿出 1 元钱说："去买一碗热汤面吃吧！"小男孩买回热汤面捧着碗坐在奶奶身旁，"稀哩呼噜"地挑出面条吃干净。奶奶接过剩余面汤，从腰里拿出馒头，一口孩子吃剩的面汤一口凉馒头。

奶奶刚放下碗筷，突然，从人群中跑出一行人，马路对面也有一些商贩在狼狈地逃跑。城建车上已经装满被没收的蔬菜、瓜果。奶奶慌忙用手肘支起身体，她知道她也在无证经营非法占道偷税漏税的行列中，她必须逃。城建一些壮汉飞奔着堵截逃跑的小商小贩，小脚奶奶一步一步地向前挪。一个小伙子站在她面前严厉地说："老太太，再不要到处兜售这玩意了。今天就不没收你的东西了。这么大岁数快回家吧！"奶奶有些惭愧，腰弯得更低，连连点头表示感谢。

街上突然安静下来。没有了那些高一声低一声的小商贩们此起彼伏的叫卖声，也没有了城建汽车鸣笛催促、追赶吆喝的声音。

奶奶心有余悸，她穿过宽阔的马路，坐在肯德基阶梯下，她还是那么安静地坐在那里，不再叫卖，眼神闪烁着惶恐不安……

小男孩十五岁那年，奶奶去世了，邻居帮忙处理完后事。小男孩学着奶奶的样子卖瓜子。他和身边的叔叔阿姨交流，学会如何更巧妙地逃跑。他在衣服里缝制了一个比秤还大的兜，这样就可以拎着瓜子到处走，一旦发现城建管制即可神速把秤放到里怀兜里，捧着瓜子开始跑。

烧烤店胖丫给小男孩取个绰号叫"大面袋子"，一是暗示他怀里有一个隐秘口袋，二是代表他有一张大嘴，唇形闭嘴时像系紧的口袋，张嘴时像灌进风的面口袋。

烧烤店的工作餐有时吃剩，胖丫会拿个塑料小碗套个口袋，把剩饭剩菜一股脑折在一起，手从窗口递出去："'大面袋子'快来装吧。""面袋子"满脸笑盈盈地跑过来，憨憨地说："谢谢胖丫。"胖丫确实很胖，走起路来笨笨的，圆圆的脸蛋把嘴挤得像个樱桃，透不过气。

每当夜幕降临，就会有个小伙子推个流动卷柜似的推车，推车上下两个隔断，上面是影碟机，下面是音响，硕大的光盘，每个光盘上面都套一个泡沫保护层。几个无家可归的孩子，像蚂蚁似的帮忙推车。他们喜欢这个时刻，流浪的夜最难熬，人群和歌声，就像是在他们世界里点燃的一盏心灯。

有个孩子衣衫褴褛，他的头发因被理发店做造型试验而被剃得怪怪的，整个后脑勺是"奔驰"的标识。大家嘲笑他唤他叫

"奔驰"。"奔驰"是个特别阳光活泼的孩子，他是这群流浪孩子中的孩子王，他一个口哨孩子们就会全部集合，他吩咐孩子们做啥，孩子们就做啥。帮卖雪糕的老板娘推推冰柜，帮出摊卡拉OK小哥哥收摊，推推小车。

卡拉OK打开场子开唱，周边人越聚越多。掏三块钱就可以进入"舞台"充当一次"明星"。开场或中途淡场时，奔驰都可以上去替补热场。虽然衣衫破烂，但他正值年轻，发型又是满世界独一无二的，很惹眼。

"流浪的人在外想念你，亲爱的妈妈。流浪的脚步走遍天涯走遍天涯，没有一个家……"

"这晚在街中偶遇心中的她，两脚决定不听叫唤跟他回家，深宵的冷风，不准吹去她……"

不知不觉中，奔驰的帮忙招来很多"演员"和观众。

夏日繁星点点，萤火虫提着灯笼四处飞舞。人们好像都在追寻着什么。一个中年妇女围着人群转圈，小声嘀咕："三元，五元。"手里空空，具体卖的是什么，只可意会不可言传。刚从不远处公园里走出一对男女，额头上深深的皱纹足以证明他们已入古稀之年。他们的衣着品质低廉，气色暗灰，两人相互搀扶坐在台阶上，老态龙钟的女人依在瘦骨嶙峋的老叟身上，他们聊的话题是各自家庭儿孙们的生活状态……

"大面袋子"钻进人群，席地而坐。为胖丫鼓掌，胖丫唱完一首歌，顺势踹"大面袋子"一脚。"大面袋子"做个鬼脸，目送胖丫走出人群。

那个年代一去不复返。后来得知"奔驰"一伙是被拐卖出来的孩子，他们幕后有人监视，督促他们沿街乞讨，盗窃，逼迫他们将所取所得全部交公。

我相信这个传闻。因为那年我去逛商场，正赶上冬季，天气特别寒冷，我推开商场大门，大门入口有厚重的棉门帘，我左手掀开一侧棉门帘，右手准备插在衣服口袋里，这时感觉有一只陌生的手与我同时伸进了我的衣袋里，吓得我尖叫。之后那只手飞快地缩回去，他站在另一个棉门帘子后边，用棉门帘把身体挡住。好在我兜里只有一包纸巾，没丢失什么。

　　后来，那些孩子以及各种形式乞讨的流浪汉全部被政府送回了他们自己的家乡。

　　多年后我在一家新开业的商城遇上"大面袋子"，他看上去身体更壮实了，背上他母亲曾经为他缝制的"呼救"启示早已无影无踪。他有一间很大的商铺，拥有经营许可的商铺。他再也不用到处乱跑，也不再是那个让他母亲放不下的弃婴了。

烟花易碎

元宵之夜，五彩缤纷的烟花划破夜空。

儿时听到烟花会急忙跑出去看热闹，如今却没有那兴冲冲的兴致了。

我对着镜子绾起长发，随意在后边打个发髻，长叹口气。

镜子里忽闪出儿子的身影，他圆圆的小脸上嵌着一双水汪汪的大眼睛，身上穿着咖啡色的棉大衣，戴着一顶咖啡色棉帽，毛茸茸的帽子衬托着他那稚嫩的小脸，看着特别可爱。手上戴着一副咖啡色熊掌似的手套，手心托起一幅他画给外婆的画。他感觉我在注视他，于是欢快地说："妈妈，妈妈快走啊，一会儿外婆又哭了。"我的心情忽地跌入谷底，急忙穿上大衣，牵着儿子的小手向母亲家走去。

冬天的夜晚特别寒冷。积雪踩上去咯吱咯吱响，被踩下去的感觉，使心灵豁然得以释放。

满城弥漫着烟花的味道。儿子手里攥着那张画，仰着头看着烟花，小嘴里嘟嘟囔囔地赞美这多彩的夜空。我无心张望，斜睨一眼他手中的画心里有些难过。画上是一只小鸟踩着枯枝，呆立在鸟笼里，小鸟的目光散发着忧郁与绝望。儿子认真地说："这只鸟就像外婆，她每天待在家里很寂寞，我送给外婆留她孤独时看。"我说："宝贝的画很好，对外婆就不要解释了，外婆会哭。"他用力地点点头示意说："懂。"我的眼里盈满泪水，心疼母亲，担忧哥哥卧床多年不知会不会苏醒。

那是个初春的早晨，一阵急促的电话铃声将我吵醒，母亲哽咽着说："你哥哥去外地开车路上，突然生病，勉强坚持把车停靠安全地带，然后躺在车里昏迷过去，路人发现后帮忙打电话叫救护车，现在正赶往医院去抢救的路上……"我立即在睡眼惺忪的状态中被惊醒，甚至忘记用多长时间赶到医院。

见到哥哥时，恰巧他也刚刚被送到医院，我哭喊着哥哥，他努力微微睁开眼，随即又无力地闭上眼。医生说："确诊为脑溢血，脑干两侧流血没有抢救价值，即便有呼吸也没有生活质量，很可能是植物人。"

结果哥哥真的成植物人，开始唤他时，他眨眨眼却怎么也睁不开，头部缓慢的左右晃动，好像着急与亲人交流，后来再唤他时，他没有动作，只是静静地呼吸。"沉睡"三年后就再也没醒来。

天空纷纷扬扬飘起雪花，我牵着儿子的手说："宝贝烟花变雪花了，我们快跑，要么你画里的鸟也会飞走的。"儿子咯咯笑着说："那我手里就变成白纸了。"我说："对。"儿子一路小跑陪我走到母亲家，推开母亲的家门，房间里静悄悄的，亲人们的表情凝重，失去了往年新春热闹的气氛。

往年春节孩子们都排练节目，在客厅里表演。侄子、侄女、外甥、外甥女各自带他们的情侣，二十多个孩子编排出几十个节目，租借演出服装，弄得像模像样。母亲带我们兄妹观看，孩子们弹钢琴的，跳舞的，表演小品的，每个节目都围绕大家族里的小家庭编排内容来表演。

我们认真地看，孩子们认真地表演，特别难忘的是哥哥也和我们一起欣赏孩子们的节目，手里还端着摄像机给他们录像。

天下没有不散的筵席，转眼，那场欢喜已成为往事。

儿子拿出那幅画送给外婆，外婆说："还是我的小外孙好，亲手给姥姥做新年礼物。看这只大鸟多好……"

正月十五的夜空，烟花绚丽多彩，人们都在仰望夜空。

母亲垂下头，在她的视野里满地都是破碎的烟花。

| 沉睡的乳名

卷，站在窗前，手里攥着几个尚未成熟的绿石榴，还有耷拉脑袋的几只小辣椒。她仰头向房顶大声地嚷嚷，却无人应答。她气愤地一脚踏上木板，手攀立陡的铁制梯子爬上屋顶，顺着声音向远方眺望，连排洋房的平台上有三五个工人正在猫腰做防水。卷举起被踩烂的几枚果实，向那个方向喊道："谁经过我的院子把这些果实都践踏了？"迎面走来一个中年男子，他个子不高，身材魁梧。

他娴熟地越过连排洋房的几个隔断，走近卷时黝黑的脸上绽出笑容，竟亲切地唤了一声"豆豆姐"。卷惊呆了，好多年没有人唤她的乳名，怎么突然有人唤她"豆豆"？

夏日，耀眼的阳光从屋顶斜射过来，卷举起手臂遮住头顶的阳光，试图看个清楚。

中年男子坐在屋顶上，两条腿垂下来悠闲地摇晃又亲切地唤一声"豆豆姐"。露出疑惑的眼神，她没看清眼前这个男子到底是谁，煞有戒心地退后几步。当然，刚才她那副气势汹汹的样子，造成紧张的气氛，因这突如其来的呼唤稍有缓和。

卷放松神经，小心翼翼地回头向下望，才发现自己爬了这么高。她有些怕，每下一节梯子时，腿都有些发抖。

她很费力地爬下梯子。

当她确定此人是陌生人时，又举起手中的红辣椒和绿石榴，生气地说："你们是怎么爬上我的院子的？看看我的花，我的菜被你们践踏得一片狼藉。我的晾衣架被踩弯，我秋千的棚顶都被你们弄出好几个洞……"

中年男子说："我今天第一天来，不知啥情况，回头我问问是谁弄的。"说完站起身来准备走。卷说："喊了这半天姐就为了平和这件事，不知道啥情况你过来干啥？"男子说："看来你真的把我们忘了，昨天吴限还提起你呢！""吴限？"卷惊讶地问，"好多年不见吴限，他现在哪呢？"男子说："咱们也好几十年不见了，但是，我还记得豆豆姐小时候的事情。记得小时候住在大院，我们去找你，看你姐正给你扎小辫呢，扎完小辫把你抱到木箱子上，你对着镜子笑……"自从卷母亲去世，卷也做了母亲，就再也无人唤她的乳名，提起她的童年，卷有些激动。男子说："那时候你和彤彤关系好。"卷说："是的，记得小时候彤彤喜欢吃生茄子，啃生土豆。"中年男子说："那可不是喜欢吃，是因为那个年代太困难，没啥零食……"中年男子回转身又坐在屋檐上，把脚垂下屋顶。

微风从远处徐徐吹来。

卷站在院子呆立片刻，才想起眼前这个男子叫阿义。时间如白驹过隙，一晃几十年的岁月要扯下多少页的旧时光才能找到童年……

阿义拍拍裤管上的浮灰说他是包工头，来看看工人干活的进展情况。

卷对此话题并不感兴趣，她更想知道彤彤和吴限在哪里。

阿义说："彤彤？早就没了。听说她死的时候身边一个人都没有。吴限还好，和他老婆在南方开酒店呢！"

豆豆踮起脚尖，为了能接近阿义的高度，她小巧的身躯跳到花墙上坐着，她仰头看向阿义，阿义说："现在他们酒店还延续经营你们曾经做的美食呢！"

豆豆微微点头示意知道。

吴限是念念的男朋友，也是卷和阿义儿时的玩伴。

多年后卷经商，与吴限合开一家酒店。吴限负责加盟项目学习，卷负责经营管理，生意竟做得风生水起。

念念是酒店的收银员。

一次，念念和父亲陪她母亲去医院看病。赶上夜幕时分，医院大厅没几个人，四周静悄悄的，只有念念一人在窗口挂号。突然，从她身后涌上一群人，瞬间，将她包围，她勉强地挤出人群，发现自己的棉大衣兜被割了一条很深很长的口子，唯一的600块钱丢失。父亲也难过地拍拍她的肩安慰她，随后把掖在裤腰里的烟口袋拉出来，掏出几百元钱让念念去给母亲买药。

念念回到单位坐在酒店后台哭。豆豆掏出 1000 块钱塞到念念手里，念念感动得热泪盈眶。之后她把店当家，一心朴实地工作，很快获得豆豆和吴奇的好感。

人生似编排好的剧目，走着走着就出现岔口，走着走着便散了。不到两年光景，酒店因为拆迁，他们各奔东西。豆豆听说吴限南上闯荡时，也收到念念和他旅行结婚的消息。此后，杳无音信……

阿义站起身，两个人相互寒暄道别，却谁都没留下联系方式。山不转水转，或许他们认为还有机会再见。

没留下也罢，在这物欲横流喧嚣的世界，名字和电话号码如同代码躺在手机里，很少被人唤醒。多数人独自握着手机，刷别人的网页关照自己的心情。

远行的闺蜜

雨后的清晨，小区里的一切都是新鲜的，空气里飘着一丝甜味。

走在铺满石阶的小路，我有意把脚步子迈成曲线。时令已是深秋，路两边的露珠挂在草尖上，像顽皮的孩子束起的倔强的羊角辫。不知为什么，我忽然想起了我的闺蜜梅子，我们已经失联多年，昨天却突然有了音讯，只是不知她现在过得怎样。其实，在这个信息如蛛网的时代，只需稍稍动动手指，谁都有可能找到谁，但我们双方都没有这样做。

我和梅子最后一次见面是在十年前。

昨天，下班后，我刚推开家门，手机震动，收到一条短信："秀秀，我儿子要结婚了……请你来参加。想你的梅子。"短信里有举行婚礼的时间和地点。

"梅子呀！"我有些激动，急忙查找短信中的手机号码，拨打过去，电话响了好长时间仍旧无人接听，我再次拨打还是如此。我满腹疑惑地放下电话，心想，该不会是骚扰信息？可这时，我的电话突然响起来，是梅子，手机那端传来她平淡的声音："秀秀你好吗？我是梅子。"

"啊，真是梅子？梅子你好吗？多年不见了。"话说到此，我的眼睛里涌出了泪水。

她依旧平淡地说："是的，我现在南方呢，过几天回去，这不我儿子要结婚了，如果你有时间就来参加，我们回头见。"

"梅子，你现在做什么？我可想你了，儿子多大呀？时间过得真快啊，你都要做婆婆啦。"我有些语无伦次。好多年没见，要说的话太多，一时竟不知从何说起。

梅子突然挂断电话。

语言这么简短不是梅子的性格，我笑呵呵地给她回信息："梅子，你这个讨厌鬼，这么多年也不知道想我，儿子结婚才把我翻出来了。当然，我也好开心！放心吧，相信那天一定是个好天气，即使天气不好，我也去。"发完信息，我坐等回复，结果她没回信息。

或许是巧合吧，梅子的儿子结婚那天，一大早天就阴沉沉的。

我翻看信息里的陌生地址，查一查百度，有三百多里路，地点是一个偏僻的小镇，此前从未听说过，也不知道是否通车。如果不通车，错过婚礼时间，就见不到梅子了，想想还是开车去吧。一个人点开导航，天蒙蒙亮就出发，临近中午才到达。我给梅子打电话，无人接听，我看到远处一个露天平台吹吹打打，特别热闹，平台对面是露天桌椅，年轻的女人们穿戴整齐，头上顶着毛巾，身上扎着围裙，手持勺碗，忙来忙去。孩子们特别开心，嘴里嚼着糖，一会儿跳到戏台前，一会儿又趴在桌边嗅着饭香。一个个陌生的身影，脸上泛着乡下人淳朴亲切的笑容。走近舞台，是一个临时搭建的灶房，灶房延伸下去，是三间瓦房，人们都各自在烟气腾腾中忙碌着。

推开门，我看到一个身材胖胖的女人坐在炕头上，身上围着被子，嘴里叼着香烟，头顶盘着发髻，发髻上别一枝花。这是东北民间风俗，儿媳给婆婆戴花，证明今天是他们全家的大喜日子。胖女人像个客人，与这些人显得格格不入。只见她面无表情仰起头，无聊地朝屋顶吹个烟圈儿。屋里屋外都是音乐声，还有风声，以及喧闹声混成一片，使心脏跟着翻滚颤抖。

终于，我认出她就是多年未见的梅子，我走上前，轻轻地叫了一声："梅子。"

她下意识地看看手机，说："我还在等你电话，寻思咋还没到呢？"我说："我给你打过电话。"她用烟卷代替手指指向窗外示意，"这不……"表示环境过于嘈杂，她没听到。

几句寒暄，我终于依稀找到从前的梅子，我的老闺蜜。

眼前的梅子，看上去有些江湖气，白净的脸上画着厚厚的彩妆。她烟抽得很频，这也是我从未见过的神态。她成了目前的样子我真的没有料到，一时心里五味杂陈。

我说："姜北这么早就成家，有点小吧！"

她说："早点成家我也就没什么牵挂了。"她扔掉烟蒂，一脚从炕上跳下来，趿拉着鞋，走向一个木柜。木柜用几块红砖简单腾起来，下面放一箱玻璃瓶果汁，她提起一瓶塞到我手里："快，喝饮料。"

我接过冰凉的玻璃瓶，感觉浑身像瓶体一样冰冷。深秋，季节的风有些萧瑟，丝丝凉意绷紧神经，好在外边吹吹打打，操办婚礼的热闹场景，赶走了冷风习习的气息。

梅子上下打量着我，眼里突然溢出泪花，她挎起我的胳膊说："秀秀，这么远一个人长途跋涉，真难为你了。"

我说："不要客气啦，快告诉我孩子的新房在哪？新郎、新娘呢？"梅子说："在他奶奶家临时落脚，没有新房，孩子在城里上班，两个人操办完婚礼去城里租个房子安家。”

“你和他爸爸没给孩子买房子？”

梅子说：“我只有两万块钱，都给他们了，他爸爸给没给我不知道。”

“你俩还没复婚？”我问。

这时，一个女孩匆匆跑进屋里说：“老婶，外边开始举行婚礼仪式，让父母到场呢。”

梅子蹬上一双红色皮靴向外走，我站在台下望着梅子穿过人群中的背影，梅子胖，踩在临时搭建的木制舞台上，一颤一颤的，好像舞台随时都要倒塌。梅子的儿子已经站在台上，中等身材，圆圆的脸庞，黝黑的肤色透着年轻人的朝气。新娘着一身红装，个子不高，娇小伶俐，稚气的眼眸里流露出喜悦和幸福。

随后姜海，梅子的前夫，站在台前。他的出现使我震惊，心里暗想：“这是姜海吗，怎么像个小老头？”消瘦的面孔，像被风抽干的土豆，上身穿着有些褪色的蓝呢外套，下身着一条挂有灰尘的蓝色裤子，脚上一双黑色皮鞋，因年久陈旧，鞋头朝天噘了嘴。他牵着一个四五岁的小男孩的手，小男孩有些怯懦，眼神流露出孤独无助的样子，有些被动地跟着他向前走。

司仪举起麦克风，把人类最华美的语言组织在一起，但看得出是每次出场时的惯用词。拜完天地后，接下来拜父亲母亲。梅子有意和姜海拉开距离，姜海看到梅子的动作，马上拘谨地拉着小男孩向后退了几步。几个人站在一个舞台上，却显得很不和谐。

仪式完毕，梅子径直地走下台。我向她道贺，又大声说：“梅子，梅子你家姜海呢？”梅子略显愣怔，转过身喊：“姜海，秀秀来了。”

姜海从人群中钻出来，跟我招手，算是打招呼，小男孩攥紧他的手不放，猫在姜海身后。我说："姜海，我们好多年不见了，恭喜你们。"姜海有些立不住似的，左右摆动，面露愧怍，支支吾吾地说："秀秀来啦，挺好吧！"

　　我说："挺好的。"我边说边把目光转向他身后那个小男孩，他慌忙地说："没啥事，我过去了。"拉起男孩隐入人群。

　　我问梅子："姜北爷爷奶奶怎么没来？"

　　梅子说："他爷爷去世了，奶奶在家生病没来。"

　　这天风很大，吹得酒席早已经凉透，参加婚宴的人们欢天喜地，吃得津津有味。

　　因为路程太远，我和梅子打过招呼准备回家，梅子说："一会儿我也走。"

　　我说："你走？你去哪呀？"

　　她说："我回城，去我姨家住几天，然后去北海。"

　　"你在北海做什么？"我问。

　　她没回答。

　　我又问她："要不要坐我车走？我可以顺路送你。"

　　她说："不用，我搭他们车。"

　　给姜北留下红包做贺礼，我便回城了。

　　梅子曾经是个性格开朗爱说爱笑的女孩。

　　年少时，我们常常在一起读书写字，谈琼瑶、三毛、亦舒，抄写《罗兰小语》。聊起邓丽君歌曲都悄悄的，恐天下人知，那种神秘感，如同我们合谋做了一件傻事，又倍感满足。

　　记得在学生时代，梅子和我一个年级，但不是一个班级。每次放学后，她都会推着自行车来找我一起回家。

第三卷　烟火漫卷

129 <

一次，我们班一个女生冲上来，挡在我的前面晃来晃去的，招人烦。我小声对梅子嘀咕："她叫于美琪，是我们班最能嘚瑟的女生，我不喜欢她。"话刚说完，梅子就用自行车前轮"哐"的一声撞在了那个女孩的脚踝上。女孩呼地跳起来，回头问谁撞的。梅子装作若无其事的样子。美琪环顾周围，只见身边唯有梅子推自行车，她瞪眼看着梅子。梅子小时候长得壮，常常做出藐视一切的样子，她回避美琪的目光，仰起头大步向前。美琪回转身，愤愤地快走几步。对于梅子的举动，我有些意外，但是我了解她有时好冲动抱不平——她大概以为我曾经被美琪欺负。

　　她也了解我很少与人计较，遇事不会主动挑衅攻击谁，只会放在心里纠结，今天恰好赶上便主动替我出头。

　　一件小事，并不美好，却至今使我记忆犹新，让我感动。从择友的角度论，梅子和我的性格不同，梅子外向，乐于助人；我喜静，很少主动与人搭讪，心里只装着自己和眼前人。梅子与谁都可以称作朋友，但是她的心里也只装三两好友，其中我占据着她知己中的首位。还有一个女孩叫小叶子，也听梅子常常提起，应该是我们分开多年后，她的新闺蜜。她有时和我聊天说："如果你和小叶子都把日子过起来，多多发财就好了，这是我心中最大的愿望。"那时她正经商，做得风生水起，后来有一次我见到她，她说她梦到小叶子，还有她爷爷，没来得及说话梦就醒了，恍惚间两个人陆续蹚过一条河，消失得无影无踪。她说她想小叶子。

　　我说："想就见吧，现在你有的是时间。"她说小叶子死了，死的时候她没能赶去看最后一眼。

　　没等我问是什么原因，她便自言自语，说了一些小叶子的情况——小叶子婚姻不幸福，她嫁给了一个机关主任的儿子，主任是她母亲的好朋友，婚礼是她母亲为她一手包办。她老公被他妈妈惯得特别懒，是个酒鬼，天天喝酒，不开心就打小叶子。婆婆也没多少钱接济，家里只靠小叶子一个人的收入过生活，因此小叶子在毛巾厂经常加班，想多赚些钱维持家用。有一天，小叶子夜班到家，见她老公又喝得大醉，躺在房门口。小叶子已经很累，用尽全身力气想扶起她老公，她老公爬起来对小叶子又是一顿拳打脚踢，质问小叶子半夜不回家跑哪去了，是不是约会情人。小叶子绝望悲愤地跑出家门跳江自杀。

自那以后，梅子便不再提起小叶子。

后来，我离开那个小城，我们继续书信来往。梅子告诉我她谈恋爱了，男朋友比他小两岁，特别帅，她是那么痴迷地爱他。但梅子并不了解自己的男朋友，只是听说他处过女朋友，刚刚分手。她已经没有主张，想让我帮她拿主意。

我回信说："不要过于痴迷，一定要问明白他与他女朋友分手是真是假。"

梅子和我书信来往越来越少。

半年后，我收到梅子的一封信，说："亲爱的秀秀，我要结婚了，你回来给我做伴娘啊，等你。"

由于工作忙，我没赶回去。梅子又书信告诉我："秀秀，我结婚了，可惜你没来。结婚那天特别热闹，我和姜海举行婚礼时，发生了一件不愉快的事。人家说让我坐福，我正坐在洒满喜字的大红被上，就闯进一个姑娘，她说来随礼了，扔下两只毛毛熊……我正纳闷，哪有这样送贺礼的，她激动地说，她是姜海的前女友，已经怀孕了……我听到这突如其来的消息，气得发疯。那天赶巧下雨，我站起来拿着毛熊隔窗扔到泥水里，那个姑娘扑上来使劲扯我的婚纱，当时的场景一片混乱！我赤脚跑到雨里，姜海把我抱回来。秀秀，我感觉被欺骗了，特别难过。事情过去好久我才原谅了姜海。现在一切风平浪静，我还是很幸福。"

有一年我回到小城，我最想见的是梅子，便打听到她的新家的地址，悄悄过去想给她一个惊喜。只见梅子坐在房间，姜海在给她梳头，两个人对着镜子说说笑笑，这场景见证了他们的幸福并非虚言。

梅子婆婆见了我，探出头问："这是谁家姑娘？不认识呀，走错门了吧！"

这时梅子回头发现是我，高兴地迎出来。她拉着姜海说："这是我经常和你提起，天下我最最喜欢的唯一闺蜜。"姜海也非常熟悉地喊我的名字。由于梅子是我的闺蜜，姜海见到我自然也不觉得陌生。

姜海说："认识梅子时就听说了你，梅子经常把你挂在嘴边，没见到人，名字都背下来了。"

姜海眯着小眼睛，中等身材，没等开口便是一脸笑容。姜海的父亲在一家罐头厂做厂长，母亲在粮油公司做会计，姜海毕业后父亲给排他去银行工作他不去，偏要学美发。他父亲早早就买下一间门市房，留给姜海吃房租，如今梅子和姜海准备用这间门市房，开一家大型美容美发店。姜海有美发基础，梅子也打算出去学美容技巧。姜海给梅子梳头也是在练手法。

一家四口其乐融融，让人看了感觉开心。

梅子出去学习美容，请回两名美容师。姜海招收两名学徒工，一名美发师。五百多平方米的美容美发店装修得时尚美观，环境、服务、专业技术等各个细节堪称一流，梅子会打扮，健谈。姜海有着迷人的笑容，加上他这么多年在大城市做学徒工，练就一手好技术，拿到小城根本没有竞争对手，在当地成了首屈一指小有名气的夫妻店。

在那个还在用书信交流的二十世纪八十年代，梅子家已经安装电话，买了新车，他们的宝宝一出生，梅子就给孩子缴了保险。他们家的顾客多得需要预约，否则排不上号。

当梅子躺在家里告诉我这些好消息时，我正站在公共电话亭里，那时我还单身。多年后我也学会经商，一个人吃了不少苦，走了许多弯路，后来才逐渐好转。

梅子来电话告诉我，她生病了，因为电业局的一个抄表员上门服务不好。电表不好用是一场误会，两个人发生争执，电业局给她家断电，促使她的商铺停业两天，无辜遭受损失，气得梅子一病不起。

我说："现在还在停电吗？"她说已经恢复正常营业，即便这样，她也要和电业局斗到底，必须要讨回公道。我劝说梅子不要因小失大，还得提起精神工作。

梅子说："没事。"

就这样，梅子为了争出个理来，在家待好久。

一天，我给梅子打电话，她没接，我以为她在店里，我又往店里打电话，是一个女孩接听的，我说："你好，请问梅子在吗？"

那个女孩语气生硬："不在。"

"请问她去哪了？"

"不知道。"

挂断电话，我有些狐疑，这是梅子家的员工啊，怎会这么说话？什么态度嘛。

我劝梅子快上班，自己的生意需要用心经营，关于用电纠纷，不值得这么长时间耗下去，姜海一个人管理很辛苦。

另外……话到嘴边，我终是没有说出自己的猜疑。这是藏在我心里好久的谜，因为我几次打电话找梅子，接电话的都是女员工冷漠的声音，生硬的口气让人不解。凭借女人的敏感，我有些放不下这件事。如果告诉梅子，梅子点火就着的脾气容易和她老公产生矛盾。我暗自猜忖又祈祷，但愿是我的直觉错了。

　　加速度的生活驱赶着每一个人，经营好自己的小日子，提高生活质量，培养好下一代。青春在匆匆流逝，人人都没时间抬头照料彼此的心情。

　　一天夜里，梅子突然打来电话，声音哽咽着说："姜海带他徒弟洋洋私奔了……"

　　我说："什么？梅子你再说一遍。"

　　"姜海离家出走，带着他的徒弟私奔了。"

　　我没了困意，坐起来说："你怎么知道是私奔？"

　　她说："姜海很少白天回家，昨天中午匆匆忙忙回家要存折，也没说做什么，直到今天也没回来。我去店里问，他们说昨天和洋洋一起出去再没回来。"

　　梅子哭着诉说姜海出走的大致过程。我有些自责，如果我早些提醒梅子，事情或许会好些？如果梅子好好经营，生活或许也会好些？……此时，太多的如果都为时已晚。

　　梅子拖着疲惫的身体来找我。

　　她说找不到姜海，她不想活了。我说："他能狠心抛弃你和你们的孩子，不惜一切代价领个小丫头私奔，值得你这样留恋吗？留下一滴眼泪都是损失，不要哭，快振作精神，挺起来，好好理清你现在需要做什么，先把你的店用心经营好，再好好培养孩子。姜海还在这个世界上，终有一天会回来，他不想你，也会想念孩子，还有他的父母，到那时他会后悔抛弃你，你一定要忍一忍。"

终归是个女人，多强势也抵不住情伤。

我陪梅子回家，她的公公正在喝闷酒，眼睛里泛着红血丝，边喝酒边骂骂咧咧地数落姜海。

梅子婆婆把我当作贵客，把小城最好吃的东西都搬到家，坐在那看我吃，眼睛里流露着无奈。她把孙子揽在怀里，边哄孙子睡觉，边凑近我小声嘀咕：

"秀秀，你说我家那小子多气人，好好的日子不过，领个小丫头私奔了。唉！也不知道现在咋样，钱够不够用，你说她能回来吗？"

我安慰她："阿姨您不用担心，听说他带着存折走的，钱不够用，他回来还是个好事呢。迟早都会回来。只是苦了梅子。"

梅子婆婆好像有所醒悟，我和梅子是一个战线。她显得有些无助又伤心。她只有姜海这么一个儿子，姜海一走，梅子如果也走，这个家就散了。

梅子婆婆极力留我多住些天，一是她可以和我小声地聊梅子心事，一同分析姜海究竟能不能回来，还可以听完姜海爸爸大发雷霆，摔杯子，踹桌子，然后悄悄挪动脚步到梅子房间，对我努努嘴又小声骂姜海爸爸一句："老不死的。"更重要的是我可以劝梅子不要离开这个家。

我陪梅子去她的美容美发店，两层楼的商铺有些空旷，几面镜子照出我俩的身影，显得有些孤单。一张贵妃椅立在休息室侧面，椅背上搭着姜海的工作服，一双小巧的高跟皮鞋躺在贵妃椅下面，几只头饰凌乱地放在沙发上。这时，一位中年妇女推开房门问："能染发吗？"梅子没吱声，陆续进屋两个男人说："我要理发。"我回头告诉他们："这几天不营业，待营业了你们再来吧。"

梅子说:"看到没,好多客人都要美发,我不会呀,这店还能开吗?"

我说:"你可以从长计议,先高薪请一位美发师,再把美容师找回来,保持商铺正常运转,然后抽时间参加好一点的美发培训班。技术在手,你是老板你担忧什么,自己有山何必到处碰壁拾柴。"

梅子说:"我看到这个店就会想到姜海,会想到他们在一起的场景,心里不好受,我待不下去。"

梅子还是选择离开了。

她只身去了北海,在一家酒店住下。后来听说她留在那个酒店做了客房服务员。

就这样,我们失去了联系。许多年过去,一切恍如隔世。

"嘀嘀……"

我的手机开始震动,是梅子发来的信息。

"秀秀,谢谢你这么远来看我,参加我儿子的婚礼,我已经到北海,勿念。永远记得你的梅子。"

我回复:"是真的记得我吗?似乎把我忘记了。"

她打来了电话:"秀秀,你别生气,这么多年我没找你,我是有意躲你,因为我觉得我们俩有太大的差距。从离开家乡那天起,我就立志想要混出个人样来,然后回家,再去见你……如今我已年近半百,恐怕这辈子就这样了。"

"梅子,我听说姜海回来,以为你和姜海复婚了呢,不知道你们还是这种状态。"

梅子说:"我们夫妻缘分尽了。他和那丫头又生了个孩子,我们还可能再复婚吗?"

我说："是不可能，就让给她吧，你也应该做出新的选择。"
梅子说："她已经死了。姜海找我好多次想复婚，我没同意。"

"洋洋死了？怎么死的？"我甚是惊讶。

梅子长吁一口气，说："那时姜海和洋洋的事我都被蒙在鼓里，没想到洋洋竟然已经怀孕，听说洋洋爸爸不依不饶地去我家店里闹，让姜海给个说法，姜海担心家里知道，就领着洋洋跑了。他们在一起生活不到三年，洋洋就生病了，带走的二十多万元钱也用光了，只好回来检查身体，结果确诊洋洋骨癌晚期。我出走时把孩子扔给公公、婆婆，净身出户。姜海回来把门市卖掉，值钱的东西卖了，给洋洋治病，可最终洋洋还是死了。"

我一边听，一边感慨命运的无常。

梅子继续讲述："气得姜海爸爸一口气没上来，也走了。洋洋和姜海爸爸离世相隔不到一个月。姜海把他们家的住宅也卖了，搬到了乡下。他妈妈也生病半身不遂。现在他家已经负债累累，无力偿还。与洋洋生的小孩没人管，走到那都得领着，所以姜海出去打工都没人用。"

我急忙问梅子："你现在做什么呢？"

随后我听到打火机的声音，梅子一定又开始忧郁所以点燃了一支烟。

"我……"她稍停片刻继续说，"我现在一家洗浴中心做按摩师，日子……还过得去。"这句话的声音很小，我勉强听清楚了。

放下电话，眺望窗外，一阵风吹来，落花旋转成花环翩翩起舞，又各自飘零落下。时光如白驹过隙，没有留下任何痕迹，只储备了一些语言在脑海里轰响。

落花

　　夜幕降临，老人们从紫藤公园相继散去，他们各自回到房间，等待集体晚餐。

　　这是一家养老院，与紫藤公园毗邻，老人们闲暇时经常来这儿晒太阳，消磨时光。那栋楼像原始森林，住着一些飞不远的鸟，一批批互不相干又处境相似的老人被亲戚或者儿女们送到这里度余生。

　　白玉兰是这里的院长。她性格开朗，做事雷厉风行，照顾老人细心周到，给瘫痪老人洗澡，陪新来的老人聊天，帮老人排忧解难。一旦有突然病故的老人，她会亲自帮忙给逝者穿衣服。她不怕脏不怕累，更不怕所谓的鬼神。她说："'善'能压倒一切，感动鬼神。"一句话，弄得屋子里紧张压抑的气氛立即烟消云散。

　　李漪拄着拐，找到白玉兰，想请假回家。白玉兰笑呵呵说："你回家好几趟都没进去门，这怎么又要回家？跟你儿子沟通了吗？"

　　李漪舒展开慈祥、和善的笑脸，更加深了面颊两侧的酒窝。她蛮有理由地说："头几次打电话没通，所以没进去屋。后来我儿子给我回电话说家里装修没地方住。这几天听说家里漏雨，我惦记得慌，想回去看看。"

月有山伴 YUEYOUSHANBAN

白玉兰说："你儿子家住楼房，又不在顶层，怎么会屋顶漏雨呢？"说完，吐吐舌头，好像意识到什么，马上又转移话题。

李漪上上下下换乘三遍公交车，终于到家门口。她知道儿子儿媳忙，所以随身揣着面包当作午餐。

儿子家住六楼，没有电梯。她汗涔涔地往楼上爬，每登上一个台阶都很吃力，每走完一层楼，都歇好长时间，但一想起儿孙她就不感觉累了。她边爬楼梯，边想象孙子推门扑向她怀里的场景，儿子儿媳和颜悦色对她微笑的画面——她太想家了。

终于，到儿子家的门前，她敲门，一遍，两遍，三四遍都没人开门。

今天是星期天，他们应该在家，装修房子也该有动静呀，李漪心想。她敲累了，坐在楼道揉揉腿。不知不觉时间已是午后，她掏出衣兜里的面包，慢慢地嚼。她希望下一口面包没等吃掉，儿子和儿媳会穿过楼道大声喊："妈，咋坐这？走，我们带你去饭店，吃你喜欢的灌汤包。"

两个小面包都吃完，天色渐晚，儿子家仍旧没有动静，李漪只好吃力地站起来向公交车站走去。

白玉兰给李漪留了晚餐，她亲自送到李漪房间，笑呵呵说："又扑空了吧？别急，过几天母亲节他们一定能来看你。"李漪洗条毛巾擦擦脸，她更想顺手擦去眼中含了一路也没掉下来的泪水。

五月的天空，黑压压的乌云注满雨水，湿漉漉的，随时能洒下来，但太阳的光线，插入云端，立即天空又晴朗起来。老人们坐在紫藤树下乘凉。这葳蕤的季节会使人忘记岁月的沧桑……

转眼，母亲节到了。李漪早早梳洗完毕，穿上她平实舍不得穿的蚕丝衫，她用手绢包上五百元钱，这是准备送给孙子买"大礼包"的钱。

老人们坐在一起，气氛热烈。他们说话的声音比往常更高，他们在聊自己的儿女。

平常幸福感爆棚的高娟，满脸洋溢着笑容。她胳膊上搭着一条针织衫，站在那自言自语说："早晨怕凉，我把它拿出来，这是我女儿昨天送给我的，母亲节了，每年这个时候女儿、女婿都要来看我。"九十多岁的宋奶奶，身体硬朗，但是牙齿脱落得只剩三五颗，说话稍稍吐字不清。她摸摸耳朵，一副金光闪闪的耳环在晃动，她示意大家看，这是儿媳今天早晨送给她的。

李漪目光低垂，像个被冷落的孩子，直到晚餐时她仍坐在紫藤公园的凉亭里。夕阳西下，她手绢里的五百元钱已经攥出水了。

公园越来越静，夜风较凉，万家灯火目送过往行人的背影。"李漪姐，天凉了，怎么还不回去？我等你好久，想告诉你一个好消息。"白玉兰高兴地跑过来，说："刚才你儿子和儿媳妇带着你的孙子来了，没找到你。他们委托我给你捎来两百元钱，你儿媳妇说让我给你带个好，祝你母亲节快乐。"

"他们在哪呢？"李漪趔趄着站起来。白玉兰担心李漪跌倒，一把抱住她。

母亲节这天晚餐，李漪吃下好几碗饭，她开心得一夜未合眼。

次日，李漪终于打通了她儿子的电话，没等聊到钱的事，儿子马上打断她的话说："妈，没事我就把电话挂了。我这里很忙啊！"

李漪怔了一会儿，放下电话。

李漪生病了，她的病越来越重，终于，挂着双拐也站不起来了。

那天年三十，一大早养老院的走廊就传来叽叽喳喳的欢声笑语，白玉兰院长站在门口喊："高阿姨，宋奶奶，丁爷爷……你们都穿戴好，你们的家属来接你们回家过年喽。"

李漪坐着轮椅，她在等，她相信她的儿子儿媳会来接她。她看着一位又一位老人被儿女接走。

白玉兰帮她打过电话，她儿子说他们出去玩了，在外地过年，带母亲不方便。白玉兰想发作，想骂人，终是没有骂出口。转过身来，白玉兰换了一张笑脸，乐呵呵地说："李漪姐，今年咱们在一起迎新年吧。"

李漪却固执依然，委屈得像个孩子："我想再等等，我儿子能来接我回家，母亲节儿媳妇还给我捎来红包了呢。"

身旁另一个瘫痪老人白了她一眼，憨声憨气地说："谁都知道，那是白院长给你的钱，就你个傻瓜蒙在鼓里！"说完，后悔似的将说话音量拉低，像蚊子哼哼。他担心李漪知道真相后受不了。

整个养老院，老人们都知道母亲节是白院长为了安慰李漪，自己掏腰包讲了一个动人的故事。

晚景难熬，老人们深有体会，所以都帮助隐瞒。

李漪怀念和儿孙们住在一起的时光。她恨自己不中用，怎么会摔跟头——如果不是那天摔了一跤，自己就不会被送到养老院。记得儿子儿媳送她来养老院那天，把她的东西搬出来，她说："这条毛毯很贵重，还有过季的衣服我就不带了，过几天我就回来。"儿子却在催促她快点上车，说："都拿走吧。"

此后，她见人就唠叨，说儿媳妇说了，住几天就接她回家。尽管在养老院条件不错，但是费钱呀！孙子还在上学，家里需要省着点花。常言道："金窝银窝，不如自己的狗窝，外面千好万好，也不如自己的家里好。"

李漪到底没进屋去。

她坐在公园看鸳鸯戏水，看紫藤花瓣一片片凋落，落在水里，落在她的眼中。

披雪的紫英

初冬时节，紫英带着女儿从广州来。她身上套了两件棉服，穿着长靴，把女儿打扮得像个棉花团儿。

走出机场，紫英伸出纤细的小手拥抱我，顺势拍拍我的肩说："亲爱的，北方好暖呀，热得我发梢都湿了。"她跺跺脚欢快地跳着，嘴里吐出烟似的一缕哈气。

我哑然，是我几次电话叮嘱她北方冷要多穿些的，但没承想她的穿戴竟超出北方人的两倍还多……

紫英瞪大眼睛，咧着嘴操着南方小女子软绵绵的口音，惊讶地说："这里太好啦，如果带上我妈来就好了，她一定喜欢。"

她的女儿像只小猫咪，把手叉在她的臂弯里紧紧尾随，用好奇的目光打量四周。

入住酒店后，我请她们去一个农家饭庄。紫英好奇地东张西望，她端正眼镜框，欣赏一幅幅年画。木制格子黄皮纸糊的窗户，活灵活现的窗花、土炕、小木桌、桌子笸箩里盛着干瘪的烟叶，一杆旱烟连接蒜头大的烟袋锅架在笸箩上，橘黄色的自制炕席摆放着没纳完的半成品鞋底，七拼八凑的布头缝补的草篓，草篓里盛着爆米花，放旧的摇篮顺着房梁吊下来……紫英的眼睛如同摄像机，好奇地环顾每个角落。她弯腰摸摸鸡窝问道："这是什么篓，两面都有出口。"身旁的服务员笑呵呵地说："是鸡窝。"

这是坐落在城里的一处农家饭庄。望着端上来的一桌子菜肴，第一次来东北旅行的紫英，几次惊讶地张大嘴巴，因为这顿饭太实惠了。她嘻嘻地笑着说："菜码好大呀。怎么连盆都端上来了。"

其实每个人眼中的新奇以及诗和远方都是别人习以为常的生活。

这是几十年前东北乡下人民生活的缩影。如今这粗茶淡饭，过去的生活状态，竟成为商业作秀体验生活的一大景观。

生活在钢筋水泥堆积的城市，我们同样喜欢森林、草原和大雪。

次日，带着紫英和她的女儿一同去净月潭游玩。

净月潭位于森林中间，潭水清澈，水流缓慢，像一枚明珠镶嵌在绿色的带子上。森林浴场在它的旁侧，几处小潭伸出长势茂盛色彩鲜艳的荷花，如有微风徐徐吹来，那婀娜，那亭亭玉立，那不断轻柔的摇曳，使水的波心都融化了，更加优美灵动。无人垂钓的小鱼自由自在地摇摆着身体游来游去。

净月潭的山走势平缓，环湖而行令人感觉清爽宜人，仿佛周边美景都是为奔赴净月潭的水而生的。目力所及的地方是层层叠叠无穷无尽的森林，有红松、美人松、落叶松、橡树、白桦树、蒙古栎、火炬树……它们千姿百态地林立着，组成浩荡的队伍，散发出迷人的清香。

所谓："花儿半开，月半圆。"缺憾也是留有余味。去了多次净月潭却从未登过观潭山赏塔楼，每次都站在水岸远眺，塔楼古朴典雅高耸入云。与塔楼相邻的是太平钟楼，偶有游客撞击钟的声音在山谷里回荡，空灵、悦耳，仿佛回应祈福人如意吉祥。

我们看到僧人迈着轻盈愉快的脚步走来，他们来自北普陀寺。小而精的寺院伫立在林海之中，风铃阵阵，梵音袅袅给净月潭画龙点睛的美感。

叠嶂层峦的山脉环绕着月亮般的水湾，瓦萨博物馆建筑造型独特，整个建筑结构都是木质北欧古典式的风格。博物馆陈列的达拉木马、瑞典皇室赠送的百年雪板、具有异域风情的特色服饰……置身其中，感觉进入了另一片崭新的世界。博物馆外面是倾斜的草坪，崎岖的小路对面是莲塘。

莲塘、草坪、森林、博物馆相互呼应，不管什么季节都成为梦境般的美丽画卷。

紫英真的好运，赶上北方第一场雪。

白茫茫的大雪扑簌簌地从天空飘落，眨眼间，净月潭变成雪白的世界。紫英开心得手舞足蹈，不小心踩进路旁覆着雪的车辙沟里，摔个跟斗把我也拖倒。我们就地躺在雪上，情不自禁地欢笑，雪落在我们的脸上、身上、嘴里。紫英女儿的睫毛上也挂着雪花，像个天使披着披风奔向我们。紫英举起相机拍森林，拍雪花，拍灌木丛中奔跑的小鹿和野兔、来自森林深处的野猫、羽毛光滑艳丽的山鸡，拍净月潭即将结冰静美的湖水……

远方忽然传来银铃般的笑声。大片雪花飘飘洒洒，迎面是一群孩子矫健的身影，他们手持滑雪杖脚踏滑雪板，从山巅飞也似地滑下来。

紫英一路小跑拍照，却怎么也拍不到完整的画面。

净月潭地域广阔，景色迷人，很难描述敞开心灵之窗的感觉，更不容易以视觉取到完整画面。我示意紫英放下相机继续前行。

雪，一直在下。

厚厚的，染白大地，铺满山坡。我们的笑声渐渐走远，被雪花覆盖。

┃大 良

　　大良是橡胶厂的工人，刚进厂时像跟谁有仇似的天天气呼呼地工作，耷拉个脑袋不吭声。

　　那是二十世纪六十年代初期，城市生活大抵相同。大良工作很卖力，但是收入较低，每月固定工资三十元。大良媳妇是农村户籍，找份临时工，每月勉强开二十几元的薪水。

　　在那是个物资匮乏计划经济时代，所有物品都需要持有效票证方可购买。例如：买米需要粮票、买布需要用布票、买油需要油票，所有商品都有相应的购物凭证。肉票、酱油票、棉花票、糖票……还有副食本。所需商品一律凭票证购买，票证按照户口人数按月定额发放。粮票有全国粮票和地方粮票，面值半市斤、一市斤、三市斤、五市斤，全国粮票可以通用，地方粮票只可以在当地使用。出差旅行，火车、轮船、飞机上用餐，专有用餐粮票。

　　家庭生活的拮据是必然的，五个儿女需要抚养，即便小女儿捡大女儿衣服穿，一年扯不上几块布，布票还不够分，甭说粮票面票更差得远。

　　因为妻子是农村的，孩子户口就得随母亲，吃议价粮。议价粮的价格要比国家牌价高。大良生活压力大，每天下班一群孩子身前身后围着，当然很开心，但多数时间是焦虑的，靠他和媳妇这点薪水很难养活这一大帮孩子，家里已快揭不开锅了。他时常在家莫名其妙地发脾气，但哪个孩子都舍不得打，看到面黄肌瘦的媳妇更不忍心说什么，有时也后悔当初为啥不听母亲劝，执意娶回姨家邻居大丫，如今真是吃不尽的苦。眼见着小儿子7岁，马上就要读书，可饭都吃不饱，谈何读书？勉强维持现状。

好不容易换了一份新工作，结果工资没涨，还是那干巴巴的几十元薪水。终于在一天深夜，他和媳妇商量，准备把小儿子送人——送给他一生无儿无女的哥哥做养子。两个人唉声叹气，好在思想统一，不管咋样那是亲哥、亲嫂子，他们还是双职工，孩子既能吃饱饭，又能读书，能安生活命，这何尝不是一件幸事！

可孩子却不认这个亲。刚到大爷家没住上两天，五十多公里的路程，连夜跑回来，说什么也不肯回去，想和爸妈在一起。全家人都难过地抱头痛哭。他大女儿懂事地说："爸、妈，不然留下弟弟吧，我不读书了，省下的钱给弟弟。"大良长叹一口气，心想："省什么钱，捉襟见肘的日子，再送出两口家里都不宽裕。"大良跺跺脚没应声。第二天，大良哥哥气喘吁吁地赶来，以为孩子丢了呢，看到孩子到家开心地把小儿子抱起来。小儿子哭喊着不肯跟大爷走，嗓子都哭沙哑了，加上这几天顺着大路长途跋涉地走，孩子生病了，开始发高烧。大良哥哥无奈地摇摇头，准备回家，大良抱起发烧的儿子往哥哥怀里塞。12岁的大女儿突然站起来说："爸，妈，要不我跟大爷走吧，家里省点给弟弟，弟弟太小，都生病了。"说完她眼睛里溢满泪水，可大爷大娘却不想领养她。老两口重男轻女，他们更希望要个男孩将来续香火。

大良哭咧咧地说："哥哥你就算帮我一把，不管哪个孩子，随便领走一个吧。"结果，一番协调，女儿哭着被大爷领走。

后来，大良媳妇在一家公立医院做清洁工，每天看到病人扭曲疼痛的面孔，她都深有感触，想："人最大的幸福是健康平安。"她忍着饥饿和疲惫，忍着不去想念被大爷领走的女儿。她保持积极乐观的精神状态，每天工作之余帮患者跑腿，帮身边的医生洗工服，做一些力所能及的事。这也获得了身边人的赞美，都称呼她是好大姐。时间久了，大家都知道她家生活困难，医生护士们谁家有穿旧的衣服、鞋都塞给她。有时带吃的也送给大良媳妇，大良媳妇接到好吃的从来都舍不得吃，带回家给孩子们分。她很少去市场买新鲜蔬菜吃。她下班先回家，等着夕阳西下，菜市场的人基本都散去，大良媳妇系上头巾，接近菜市场路口担心遇上熟人，一路都低着头走，去捡拾被人扔掉的烂菜叶子，回家好好打理洗一洗给孩子们吃。这已经成为他们的生活常态。

大良喜欢喝酒，那是后来的事。后来的大良每次坐在酒桌前都拿出一只精致小巧的瓷器酒盅，放上一大碗热水，把酒盅烫热，喊上媳妇大丫一起喝上几盅，他语无伦次地说："大丫你懂我，我说的话你能听懂。"

大良媳妇连连点头。

多年后，大良的儿女们有的在身边，有的考上大学去远方读书。大良忘不了过去的艰难日子，大良说：不管孩子们飞多高，走多远，毕业一定让他们回来，这里是他们的根。

五十四路电车

初春的天气，乍暖还寒。踩着残雪薄冰，带着小宝向 54 路有轨电车站点走去。

那年，刚搬到 54 路站点附近的外贸宿舍，我家境窘迫，发财心切，长了野心似的借钱想开一家咖啡店。

有人传信，让我马上去咖啡店里接收机器设备。乘上 54 路电车，因为心里有事儿，急得像开了锅，无奈也得跟着电车的节奏滚滚运行。

春天终于来了。路旁的杨树吐出嫩绿的叶子，微风吹拂，叶子在阳光下熠熠生辉。有轨电车遵循它的轨道不紧不慢地爬行。不知不觉被这平静的节奏稳定情绪。

我靠着车窗放松心情悠闲地向远方眺望，突然眼前闪现出"东风大街"站牌，这才醒悟情急之下竟南辕北辙坐返了方向。

赶紧下车换乘对面的 54 路电车。

当电车轻盈地滚动，两面的树木房屋忽地倾斜，端正，转眼被推成远景，恍如穿越。

多美呀，有轨电车穿梭于时光之中，像一双明亮的眼睛，从过去到现在经历半个世纪，见证长春几代人的酸甜苦辣和今天的幸福生活。

一桩桩小事在电车内外发生，汇聚成暖流，紧紧贴在心上。

记得，多年前，我每天穿梭于人海，乘着54路电车往返。那时交通工具稀缺，尤其周末坐电车的人摩肩接踵。

夏日阳光炙烤着大地，每一丝风都夹杂着热浪。电车内乘客已满，好不容易有个位置，我示意儿子坐下。未曾想年幼的儿子小手一摊放到椅子上，对一位老人说："老奶奶您请坐。"那句话和那个表情至今记忆犹新。感叹于文明和大爱，心里默默想："这个孩子的启蒙老师是谁？应该不是我……"

每天走过一条街，穿过喧嚣的马路，站在高大的白杨树之间，这是我周而复始早晨的路线。只要站在绿树掩映的54路站台，内心便升起被慢生活静下来滋润的喜悦。

电车没有疾驰，占道，堵塞，尾气和刺耳的喇叭声。它会带着绿色轻盈的步伐跑来。

我顺着铁轨眺望远方，这时身边一个娇小的女子走来，她友好地对我微笑。我们边等车边闲聊，没主题却聊得火热。临近上车，我问她："你家住在哪个小区？"她说："我住在你家对门。"每天浸泡在忙碌的生活里，一件事没等落地另一件事又挤上来，活得像只扛着米粒的蚂蚁。我……尴尬地笑了。

她跑到马路对面向我挥挥手，我也上车，我们都坐在54路电车上，只是驶向相反的方向。

绿色林带贴近铁轨两侧柔软地延伸，坐在54路电车仿佛身处喧嚣之外。

大井小井

夜，茂名村万籁俱寂。语桃突然于睡梦中惊醒，一个急促的声音伴随慌乱沉重的脚步，在她家屋后墙外，在夜空里悠悠地飘荡："失火啦，失火啦。"脚步声、疾呼声，反复在一条路上响起，声音忽远忽近，渐渐地，脚步声和呼救声消失在大山脚下。语桃被吓得额头冷汗涔涔。

透过落地窗向外望。窗外繁星似锦，一个萤火般的光亮在土墙上一闪而过，她安抚自己不要怕，那微光必是某人吸烟经过时闪烁的火光。

黑夜常常令人胡思乱想……后来听说邻村有个疯男人每到深夜四处乱跑，得知真相语桃终于放心。

真是巧合。最近，语桃刚刚经历一场火灾，是河西偏家。老偏头半夜起来喂马，他撕张报纸坐在马棚卷烟，他有些困倦，迷迷糊糊眯着眼吸烟。

春日，天干物燥。风呼呼吹得干树叶沙沙作响。河西人口多，茅草房一间挨着一间，每家房前都有一堆或整齐或凌乱的柴火垛。老偏头吸烟飘出的火星落在马棚旁边的柴垛上，干枯的秸秆立即燃烧，借着风力爬上房顶。老偏头发现眼前通亮的火光，当时惊呆了，他声嘶力竭地喊："救火。"村里的人都提着水桶往这个方向跑。风势越来越大，火苗越来越高，老偏头家左邻右舍的茅草屋陆续被点燃。茂名村上空燃起熊熊大火。语桃母亲紧张地叫醒语桃，让语桃陪她哥哥去乡里打电话报警，希望火警快快来。茂名村没有太好的车，速度最快的是语桃家的蚂蚱子拖拉机，仅此一台。因此语桃母亲马上做主，让语桃哥哥出车报警。语桃坐在车厢里，蚂蚱子加大马力"突突突"地跑，却怎么也没有风跑得快。风带着大火继续燃烧，村里的大井小井恐怕掏尽也扑不灭延续不断的大火。蚂蚱跑到河西路上，语桃闭上眼感觉道路的上空都是火苗。她用手捂住脸，火星落在手上，把她的手烫伤了。虽有种火辣辣的疼痛感，她却顾不上这些。多希望蚂蚱能飞起来报信，让救火车马上赶到。

救火车风驰电掣地奔跑，去往乡下的道路越跑越黑。一台救火车不小心拐弯时翻倒桥底，好在沟渠较浅，赶在春天不是灌溉季节，也没有水。那台救火车被拉上来以后，继续奔跑，窄窄的乡道，排列四五台救火车。人们顾不上议论救火车的新鲜和第一次进村这么多车大开眼界的感想，都呆呆地看向火堆和消防员迅疾的身影。低矮的茅草屋虽然燃烧迅速，好在乡亲们相互搭救及时，没有伤亡情况。

茂名村的狗趴在地上不再狂吠，大火后的村庄一片狼藉。遗留下玉米秸秆和稻草的烟熏味道仍旧在村庄上空缭绕。村道已经被堵塞，到处是被抢救出的铁锅、葫芦瓢、水桶、扁担、被褥、被熏黑的衣服、鞋子……看似并不值钱的生活必需品。

城里的土豆

第四卷

大地·烛火

人的一生总有些片段储存在脑海中挥之不去。

盛夏，我独自开车跑长途。放眼望去四野空旷，庄稼的葱绿如碧浪迎面扑来，房子被放大，缩小，隐退于林木间。路旁的野花都是大自然赐予的礼物，肆意地开放生长。汽车在一望无际宽敞的高速公路奔跑，像小鸟在浩渺的天空飞翔。

广袤的大地，一棵不小心落在平原的树，凸显出土地的胸怀，泥土的宽厚，它独自收割所有过往的目光，目光也被它的站立惊醒。这是为大地弹出的奏鸣曲，在它身上你可以想象一根牙签、一方屋脊、一片风中摇曳浩瀚的林海。还可以打回原形，看到的仅此一棵树。这是飞鸟遗失的种子，是美妙，是倔强成长的奇迹。令人敬畏生命，更加领悟生命的意义。

奔驰在蓝天白云之下从不会想到黑暗。

午后，回家的路上天气突然转阴。越是开到城区，越觉得灯光昏暗，路两旁的树都变成影子追随我。车内黑漆漆仿佛独自坐在伸手不见五指的旷野上。突然，天上一阵刺耳的雷声轰隆隆滚下来，一道闪电打在车前，天空黑压压像一口锅砸下来。接着猝不及防的瓢泼大雨向着车的方向劈头盖脸地泼洒，我感觉大地似乎都在摇晃。眼前雨水堵住窗口任凭雨刷器用力摇摆，仍旧感觉视野模糊。车子在大雨的阻挡下感觉沉重，顷刻间雨水淹没马路，水深有大半个车辙辘高。电闪雷鸣，一阵紧似一阵。那雷声是有生以来最大的一次，震耳欲聋似乎就在车顶盘旋。我安慰自己镇静，不要慌，不能停下来，徐徐前行。透着暴风骤雨向窗外看，深夜还有谁和我一样正经历如此恐怖的一幕幕。我看不见，只听到自远处传来的雷声和啪啪敲打车窗的雨水声。我开始胡思乱想……第二天城市的人们也如潮水般纷纷议论昨夜那场大雨，那频繁的电闪雷鸣。那个深夜许多人被雷惊醒，他们在睡梦中被惊醒，我身处雷雨中醒着……

母亲在世时，我不知什么叫恐惧。即便她八十多岁坐在我的身旁，我也会觉得世界是祥和的。自从母亲去世以后，感觉世界空落落的自己像棵无根草，像一叶浮萍。儿时母亲把我搂在怀里，觉得世上最温暖的是母亲怀抱，最怕母亲离世。长大后离开家，经常幻想母亲一旦离世的场景，担心收到一个不好的消息。转即责怪自己胡思乱想。那时母亲很年轻，也很健康，所有的坏想法都是思想在作怪。多年后母亲老了，每逢周末去她家，她都会送我到门口说："这么忙不用经常来看我，你看妈有变化吗？妈妈好好的，这一脸皱纹的妈妈有啥看的。"如此无数次母亲使我高兴地说"再见"。

母亲老了，坐在轮椅上，依旧向往着年轻。她喜欢穿裙子，但是年近九十岁的母亲腿部不小心骨折，早已失去行走的能力，她将裙子铺在腿上，欣慰地笑了。

母亲经历了太多的苦难和死亡，尤其哥哥去世后，她有时思路特别敏捷清晰，有时糊涂。她看着孩子们，又提起那个不愉快的话题："为啥我没有退休金呢？"母亲的年代是颠沛流离的年代，她将一生的精力都倾注在我们身上，而我们愧于回答这个问题，只有相视而笑。

房间里静悄悄的，母亲每一次的难过，如同暴风骤雨，熄灭将要燃起的欢乐火炬。

母亲有积蓄，我们帮她放在保险柜里，还有一部分放在她自制的衣兜里。娇小灵气的母亲，越老越爱财，沉甸甸的钞票别在身上，感觉是那么的累赘多余，但只要母亲高兴，我们都愿意搀扶她带着钞票踱来踱去。母亲说这样活着踏实。

母亲放下怀里的小狗雪儿，她又开始郁闷，她说她想念故去的儿子，以及自己为什么没有养老金。姐姐小声嘟囔："有，妈妈你有养老金。"母亲的眼睛亮了，马上兴奋地说："真的吗？"姐姐说："真的。"于是我们异口同声地说："对的，妈妈，您真的有退休金。"她垂下头狐疑地说："不可能，我不信。"

我们急中生智，私下里商定好每月二十五号准时给母亲"开支"，并且告诉她这是国家新政策，年纪越大退休金越多。

母亲笑着说："那我可得好好活着。"于是每月临近二十五号，母亲手里都捏着日历，慈祥的面容舒展开岁月遗留的沧桑。她看到哪个孩子到身边都会说："用钱吗？我要开支了。用钱你拿去。"谁都未曾"借"过她的钱，但是这也满足了她"蜡炬成灰"也要发最后一丝光的愿望。

母亲的生活突然有了盼头，日子仿佛被擦出了火花，变得丰盈起来。她瘦小的身躯仿佛又扛起家庭的重担。母亲是我们心灵的港湾，我们是母亲眼里的一朵朵浪花。

多年后国家真的有了专门针对老人发放的补贴政策。如果母亲在世多好。

母亲在世时我怕黑，连个夜路都不敢走。母亲走后，我仿佛才长大。因为没人会打电话问我："去哪里？走多远？不要走夜路。"

▌穿针引线的回想

今夜我没有困意。坐在书房假装忙，弄弄电脑，拿起笔在纸上乱画。看似平静，却无心做事，只是不想引起你的注意。

孩子，我想和你一起珍视这即将告别的美好时光。我允许你从未有过的"造反"，把房间折腾得天翻地覆，我侧耳倾听你"咚咚"的脚步，听你打理行装的声音，听你又静下来好像在思考什么。

明天你将离开祖国，离开我们朝夕相处的家。

我知道，我们也终将渐行渐远。

你稍作迟疑地问我："妈妈能帮我钉扣子吗？我裤子上的扣子掉了。"我爽快地答应："能，能行。"我知道你最了解妈妈，所以你才试探地问我。我的针线功夫实在粗糙，要费很长时间才能缝好一枚扣子，结果不是"画龙点睛"，而是拉低了衣服的品质。

那枚扣子像跟我有仇似的，被我弄得很丑，死死地钉在裤子上。我相信，孩子无论你走多远的路扣子都不会掉。

我的针线活远不如我的母亲。记得我在中学时代住校，母亲给我绣一只枕套，白色枕套上绣一簇小花，我特别喜欢。学校宿舍条件不好，连排的木质上下铺，床铺上铺着草垫。母亲让我拿了好几条被子铺，倒觉得没那么艰苦。

　　赶上中秋节放假，再回来时竟发现新枕套被老鼠咬破了好几个小洞。我心疼地把它带回家，没几日母亲竟在那小洞上绣出了一串鱼泡泡，小洞下面多出几条欢快的小鱼。母亲真会奇思妙想……

　　刚结婚时，我也学着母亲做针线。把被子拆了，用一天的工夫缝被罩，终于缝好，可怎么也找不到剪刀。累得晕晕沉沉地准备休息，掀起被子，一个重物打在额头上，原来剪刀落在了被子里。

　　先生的裤脚开线，他匆忙返回找我帮忙，我急中生智，拿起透明胶带临时把先生的裤脚粘贴上。如果拿针线仔细地缝，恐怕来不及。当然，我很惭愧，确实是不会针线活。

　　创业和督促孩子学习我是认真的。

　　我在日记本上写道："我喜欢看你稚嫩的脸，看你仰着头向我汇报成绩的神态，喜欢看你倔强又自豪的样子。'妈妈，这次你去我们班开家长会可以昂首挺胸地走进去。这次我的成绩全都是满分。''妈妈，你不要生气，明天你不用去学校见老师。我犯错误，我自己承担，以后让老师有什么事直接找我。明天我找老师谈。'我们围绕着读书与学校的主题，交流了好多年。"

　　从未想过，我们会分开，从未想过你会走那么远，从未想过我们在一起追赶日夜星辰的酸甜苦辣，因为读书学习吵得家里鸡犬不宁，我们一起哭过笑过的日子，从此成为翻过的书页。

　　我不敢静下心想我们之间的时差和距离，那将会倍增思念。

　　当我们挥别时，每一次挥别的那一刻我都会铭记。你拉着行李箱挥挥手消失在我的视线中的那一刻。

像你小时候，妈妈外出你哭着喊："妈妈，不要离开我。"可是妈妈不能说，妈妈噙着泪说："孩子，未来路长，一定要远走高飞。"

▌发丝凝霜的女人

　　三十年前，每天往返于火车站，着实厌倦。早晨赶车就是一个"挤"。过往旅客行色匆匆，相互冷淡漠不关心的样子。好不容易挤下车，站台总会有一群乞丐蓬头垢面地追着你要钱，甚至你给一次，他们竟忘记，回头再来要一遍，巴巴地看着你，讲生活的困境……那时我的生活也捉襟见肘，在别人眼里或许也是一个无精打采行色匆匆的过客。

　　冬天，特别寒冷。火车站广场上的公交车头顶着霜跑来跑去，仿佛被冻得站不住脚。卖早点的小贩燃起热气腾腾的火炉，叫卖声此起彼伏，吃客较少。

　　经常遇上那个穿着破棉袄的年轻人操着袖，靠在火车站门，面部分不清头发还是胡子，乱草似的蓬头垢面。看得出他有智力障碍，他站在门外任凭寒风肆虐却不肯走动，发须已染白霜。

　　还有几个小脸脏得花猫似的孩子，他们无家可归，火车站就是他们的家。他们衣帽不整，有的孩子甚至穿着单鞋，围着车站区域，屋里屋外地挤着，跑着。有时顺手牵羊从旅客兜里掏个钱包，钱包里的工作证、身份证之类的重要票证随便扔到垃圾箱，取出钞票很快就挥霍掉。

　　看着那一双双清澈天真的眼睛，我不愿意把"偷窃"一词扣

月有山伴

YUEYOUSHANBAN

在他们的头上。我拉紧背包，还是让他们的小手离我远些吧！

站前广场，车和人好像无秩序地穿行，其实各有其路，只是天气一冷，人们就乱了手脚。

我习惯于每天绕行一条街，去闹市，看小老板们在路旁售卖商品的场景。不知道他们从哪儿弄来的新奇商品：高端得体的羊毛裙，接近肤色的长筒袜，还有许多物件被称作港货。盛行一时的港巾、港帽、港裤、港裙，听说都是香港运来的。陈列得琳琅满目，似有驱寒的功效，看得我热血沸腾竟忘记寒冷。

消磨一段空闲时间，折返进入胡同，又看见那个女人。她是个疯女人，意外怀孕，鼓着肚子犯错似的背朝马路，面向窗户歪着头，刘海湿漉漉地耷拉下来，挂着霜，好像茅草屋檐上结的冰溜子，参差不齐地垂在脸庞旁。她从不走远，几乎每个早晨我经过这里都能遇见她。开始误以为是她的衣服瘦，后来见她肚子越来越鼓，我惊讶于使她怀孕的人多么缺德。

这是我的一份临时工作，帮姐姐加的针织厂批发产品。

早晨把商品铺在台面，晚上再收回铁柜锁好，即完成一天的工作。

最重要的是售货期间的销售技巧。我没什么售货经验，有人要就拿给他，没人要也不会吆喝。临近商铺的小老板特别机灵，眨眼工夫就批发出几丝袋子商品。

一位中年妇女拿个大背包盖在我的柜台上，和我讨价议价，我笑呵呵地回答她的每一句发问。后来她走了，我身旁的小老板推我一把说："她偷你东西，快看看，在那个大背包里。"我愣怔一下马上跳出柜台，过道上人山人海，我顺着小老板所指方向追上去，不知哪儿来的力气，一把拽住她说道："能把你的背包打开我看看吗？"她有些惶恐想挣脱逃走。我不知哪儿来的勇气，竟抱住她大喊："抓小偷。"这时小老板也跑过来，干脆利落拉下她的背包，强行打开，她果然偷了我的商品……

年轻的小老板特别精明，她个子不高，全靠高跟鞋体现她修长的线条。白色皮毛一体的夹克，半截棉裙，眼睛画得大大的又加上一层假睫毛，说起话声音清脆响亮。

下班，我们一起走在火车站候车室，她继续和我聊今天发现小偷的过程。

突然，我不知被啥绊了一跤，低头吃惊地看到地上一个婴儿在喧闹的人海中弱弱地啼哭。如果不小心真的容易踩到，好在靠一个墙角。包裹婴儿的是一床红花大棉被，棉被上扎着麻绳，扒开棉被能勉强看到婴儿的脸。我抱起来环顾四周涌动的人群，大声喊："这是谁家的孩子？这是谁家的孩子？"许多人向我走来议论、围观，却无人认领。我抱着孩子有些无助，小老板说："这孩子没人要，怪可怜的，你姐家就一个男孩，把这女孩带回去给你姐吧！"我迟疑片刻，还是把她抱回去了。

后来再也没看见，发丝挂着冰霜的那个女人。

| 城里的月光

杏长得单薄清瘦，在她母亲的遗物里挑拣衣服。

这是母亲十八岁和父亲结婚时穿的红绸小袄，婚后母亲只有在特殊日子才舍得穿。比如：参加村里谁家的喜宴、寿宴或者过新年。

记忆中，母亲每次穿上这件红绸小袄都像变了个人似的，岁月里的艰辛在她脸上烟消云散，走起路来如沐春风。她羞答答的，绯红的脸上露出笑容。这是母亲唯一贵重衣物，母亲临终前叮嘱不要给她带走，留给杏长大穿。杏穿上红绸小袄，套上母亲的蓝色棉布裤子，拎起包匆匆上车。

如果不是牛婶催，杏还会继续挑选母亲留给她的"宝物"。牛婶说牛叔着急在外边等，让杏赶快上车，牛叔亲自开车把她送到雇主家。

杏忙得大汗淋漓，穿上母亲肥大的裤子竟忘系腰带。

琪琪站在家门口上下打量着杏，杏是她家雇用的第十九个保姆。

琪琪是个非常挑剔的雇主。因为频繁换保姆，家政公司已经对她满腹抱怨，冷落她。一再推脱不好找让她等，她等不及，只好托朋友去乡下找来杏。

杏到城里，天色已晚，赶上琪琪正在厨房做晚餐。琪琪在和面，满手挂着面粉，倚着门框用异样的目光端详着杏，杏用纤细的小手理着衣襟，她有些紧张，红绸小袄显得她更加瘦小。水桶似的裤管盖过脚面。肥大的裤子渐渐下沉，将要滑落，她伸出两只干瘦的小手提一提裤腰。

这时琪琪女儿在房间里哭，杏看琪琪满手白面不方便抱女儿，知道这是她马上要接手的活，她跑进屋，抱起琪琪女儿，拽出带屎的尿布搭在床上。脏兮兮的尿布放在白色柔软的床罩上，琪琪来不及阻止，床已被弄脏。琪琪生气地把女儿接过来。

杏又拎起自己快滑落的宽松肥大的裤腰。由于路上着凉，杏好像要感冒，她流鼻涕了，她顺势捏一把鼻涕甩在地板上。这是乡下的习惯，乡下土屋什么都可以随便扔，纸屑、瓜子皮、父亲的烟蒂、随口喷出的唾液，如果感冒就更有理由随地甩鼻涕，吐痰。她甩出鼻涕的一瞬，低头发现雇主家的地板比她家的火炕都光滑干净，她下意识感觉到自己犯错了，但已经来不及。

琪琪生气地呵斥："天哪，你咋这么脏？快出去，这么脏不能用你。"琪琪愤怒的面孔使杏突然联想起家中继母的形象。还好，如果惹继母生气，继母会劈头盖脸地揍她一顿。女主人没伸手打她，她已经很满足了。她胆怯地看着琪琪的脸说："姐，别轰我走，让我试试吧，我一定好好干。"琪琪沉下脸默不作声。

第二天杏起得很早，她跪在地上擦地板，反复擦琪琪的拖鞋底。琪琪斜睨着眼睛看她，杏心里像揣个小兔子，怦怦乱跳。杏紧张地跑到厨房捧起垃圾桶继续擦。

琪琪无奈地叹口气，接纳了杏。

杏终于融入这个家庭，竭力做好每项工作。

她把薪水寄回家，留给父母买种子化肥，还外债。此举感化了继母，继母打发杏爸爸进城看杏。

爸爸握着杏的手，眼含热泪。杏请父亲吃牛肉面，父亲吧唧嘴，吃得津津有味，边吃边赞叹牛肉面好吃。

父亲突然想起什么，立即站起身从裤袋里掏出一张叠得板板正正的纸，神秘地说："今天路上发的，不知是啥，你看看。"杏看一眼文字，随后扔掉说："这是广告，咱不要。"父亲憨憨地笑了。

在他眼里，女儿是最好的，却没什么礼物可以送给她。

杏逐渐取得琪琪一家人的信任和喜欢。即便偶尔犯错，比如，熬鸡汤，连鸡的内脏都不掏，扔到锅里煮，翻滚的鸡汤散发着恶臭。琪琪打开锅盖，看到鸡汤上面浮着鸡毛，也只是皱皱眉，反而自责道："没事，是我忘记告诉你咋做了，下次你就会了。"

一年后杏还是走了，杏留个字条说："姐，对不起，我恋爱了，是俺村的，俺爸不同意，今天俺俩商量好一起去外地闯闯。请琪琪姐原谅俺的不辞而别。杏。"琪琪用惯了杏，杏的不辞而别好像把家里的生活搞得一团糟。

琪琪坐在家政公司的长椅上，负责招聘推介的小许姑娘与琪琪相视而笑。她们心照不宣，关于保姆事宜她们合作成功率很低。

不知为什么好的保姆留不住，不喜欢的保姆她一刻钟都不想留。孩子小她要兼顾着家庭和工作，经常因为工作生活忙得焦头烂额。三五天换个保姆，弄得她和家政工作人员都有些疲惫。

刚接触玉馨家政，小许办公室坐一排不同年龄等活的家庭服务员，小许让琪琪随便挑。后来琪琪再去家政公司，竟然看到好多曾经在她家做过家庭服务员人，这使琪琪有些尴尬。

小许姑娘露出和善的笑容说:"你们谁能去琪琪姐家?"琪琪从选择保姆到被保姆选择的过程中,心里五味杂陈。

只有一个年纪较大的阿姨跟琪琪走了。琪琪极力表现热情,想尽快拉近她们之间的距离。她主动和阿姨攀谈聊家常,阿姨表情冷淡,有时回答有时不吭声。到楼下,阿姨说:"告诉你,我这个人你尽管放心,特别实诚,就是有点耳朵背,年轻时让俺家那人打的,后来他死了。他死后俺吃不少苦。"琪琪听说她有耳疾,有些犹豫。接着阿姨说:"现在农忙,都不出来找活,俺家地都给小子种了,这才闲,没看家政公司招不上人吗?"琪琪听了阿姨这番话继而打消了退回保姆的念头。

琪琪打开电梯,阿姨说:"哎妈呀,你家屋这么小,我住哪?"琪琪说:"没到家呢,这是电梯。"

阿姨说:"怪不得,唉,俺眼睛不好使,年轻时哭俺家老头子哭的。有些眼花,这黑天你家孩子跑到草窠里俺可找不到。"

琪琪说:"放心,我们院里没那么深的草。"

阿姨隐约觉察琪琪对她并不满意。

没几日琪琪就把阿姨送回了家政公司。小许告知琪琪回家等,过几日会派新的保姆过去。

果然琪琪家新来个保姆,她让琪琪称呼她竖琴姐。竖琴姐好像走南闯北过,见过世面。她不用琪琪接,挎着包自己找上门来。

竖琴进门后倚着门框说:"俺叫李竖琴,今年49岁,是玉馨家政派俺来的,放心,别看俺岁数大,有的是力气,一定好好干。俺是第一次出来打工,有什么做不好的你多多包涵呀!"

琪琪把家庭情况倒背如流地介绍一番,竖琴点头示意领会。竖琴摸摸门,摸摸床,环顾四周新奇地说:"这么豪华的房子。

俺这辈子算见识了。"

她的花布包始终在身上挎着，她屋里屋外踱来踱去，小声嘀咕："这人家这富贵我够呛能应对下来。"

竖琴虽然年近五十，但看上去比同龄人年长好几岁。她皮肤粗糙，皱纹深邃细密，如蜘蛛网般遍布脸上。

她有一双儿女，女儿早早出嫁，儿子才成家。自从儿子结婚以后，她就把小房子腾出来留给儿子做新房，当然也是女方要求不和老人住在一起。竖琴独自住在比小房子还简陋的仓房，茅草土坯的仓房终日阴冷光线暗淡。

最难挨的是冬天，冬天大雪封门，仓房全靠一铺火炕供暖，土坯墙四处漏风，盖两床棉被都无法御寒。头发放到水里刚沾湿准备洗，稍离开温水盆立即被冻得打结成冰。丝丝缕缕的头发被冰碴包裹着，像茅草屋檐倒挂的冰凌。竖琴姐回想起那段时光，倍感心寒。

城里没有火墙火炕，却这么暖，竖琴姐特别满意。

竖琴很少休息，主动找活干。她站在洗手间看有好几个盆，琪琪曾提醒每个盆的用处……她记一会儿又忘了。

竖琴手里拿着琪琪女儿的运动鞋在洗手间转一圈，想辨别用哪个盆，结果没想起来，索性放到马桶里刷。她放一下马桶里的水，水比较清澈，于是她把鞋插在马桶里，用硬毛刷子仔细刷洗，一双白色小鞋从里到外刷个遍。她边刷边和琪琪聊天，聊她的过往：她说她丈夫去世以后，她又找个老头，比她还困难，糟老头身体不好，没过几天她夹包就回来了，未曾想新过门的儿媳妇嫌弃她，连仓房都不愿意给她住。

说到这，她"哗"地又按下马桶换一遍水。琪琪在房间里说："大姐，你弄啥呢？马桶下水不好用啊？"

"我把孩子鞋刷刷。"竖琴说。琪琪推门见竖琴正躬身，双手插在马桶里"唰唰唰"地洗鞋呢。琪琪紧张地说："大姐，那里多脏啊，不能在那洗东西。"竖琴说："我看水挺清亮的，洗手盆小，你家那些盆我记不住都做啥的，就用它吧，一样洗干净。"琪琪又想发脾气，想想家里换这么多保姆，还不是因为自己这刀子嘴豆腐心。

"嗨，没法穿了。"琪琪硬挤出个笑脸，递给她一个小盆说，"快洗洗手吧。"

房间里恢复平静。琪琪躺在床上，突然觉得床有点倾斜，头也随之晕了一下。她喊："大姐，刚才我有点晕，你感觉晃了吗？"竖琴说："我感觉盆突然晃一下，水也动，地面打斜。好像地震了。"琪琪点开在线新闻，果然新闻播报附近小城有地震迹象。

竖琴坐不住了，她说："大妹子，明天你重新找个保姆吧，我干不了。来那天看这么高的楼我就迷糊，好几天睡不着觉，怕楼房倒，你看刚才还晃悠了呢。这几天上火吃不进饭，睡不好觉。"

这时电话铃响，是竖琴儿子打来的电话。竖琴皱起眉头，听电话那边说："妈，你能弄到多少钱就弄多少钱，小娟流产需要住院观察，现在病情不稳定，得马上住院。实在不行你和东家想办法借点吧。"竖琴放下电话尴尬地说："我不想走了，刚才只是随便说说。"

竖琴几次张合爬满皱纹的嘴角欲言又止。见琪琪要出门，她鼓足勇气大踏步赶上前说："大妹子，能预支我点钱吗？儿媳妇住院家里等着急用。"琪琪说："你才来几天，就要预支？"

"嗯，是的，手里没钱，卖完粮食就好了。现在借钱都没处借，难哪。"琪琪问："借多少？"

她说："越多越好，这是俺家小子告诉俺的。"她身体左右摆动不好意思地低下头。琪琪说："给你拿三千，救人要紧，赶快汇款吧。"

"妹子，俺到这人生地不熟的，又不识字，你去帮俺把钱汇出去呗。"琪琪变得越来越善解人意。

没过几天，竖琴的女儿又打电话，电话那边柔声细语地说："妈，育才要上小学了，我跟孩子说，姥姥能给买书包，买新衣服。学校还要学费，学费钱不知咋整呢。妈你给我汇点钱吧，你外孙子等着呢。"竖琴说："妈还没开支呢。"

"哼，你给儿子儿媳钱那么痛快，我着急用就没有。"说完，电话"啪"的一声挂断。竖琴坐在客厅良久，盯着那扇门，等琪琪从卧室出来。"妹子。"她刚开口。琪琪冷着脸说："上次借钱没还完呢，不能再给你预支了。"

竖琴坐在卧室流眼泪。琪琪塞她手里一千元钱，气呼呼地走了。

转眼冬天，新年的气息越来越浓。竖琴去市场扛回一袋馒头，拎一块猪肉埋在车库附近雪里。她的两鬓白发被雪染得更白，瘦弱的身材突然显得硬朗高大起来。这是她给家里备的年货。她说城里馒头好吃，她把琪琪家新年换下的旧厨具，锅、刀、叉，连吃饭碗都收到袋子里准备扛回家。

琪琪说："快过年了，你那么多东西不好拿，改天我开车送你回去吧。"

汽车停在竖琴家大门口，竖琴高兴地往院里跑，却见儿子家空无一人。

儿子和媳妇去他岳父家过新年了。女儿也没接收她，女儿说："妈，你回家陪你老儿子过年吧，我这小屋太冷没地方住。"

竖琴住在仓房里，她生病没多久便离世了。

琪琪坐在玉馨家政，小许叫来几个应聘的保姆。琪琪吃惊地说："杏，怎么你也在？"

小许姑娘长叹一口气，摇摇头说："唉，都不容易。"

城里的土豆

　　小时候，记得大人之间聊天常说的一句话是："城里？还是该（街）边子？"答案直接界定一个人的身份。如果回答是"城里"，对方眼睛一亮，对你刮目相看，不论你在城里什么身份、职业，生活过得如何，只要是城里人就行。如果你是该（街）边子的（即使是市郊）那就不成，穿戴好看也低看你一眼。那是城乡差距悬殊的时代。

　　三十多年前的玉新市楼房较少，基本都是平房，一到冬天，空气里就夹杂着煤烟味。普通市民日子过得基本大同小异，食不饱饿不死。

　　土豆随父母坐马车搬到城里。记忆最深的是他坐在马车吃方块饼干，这简直是人间美味。还有一次他做了一件不太体面的事，当然也获得了人间美味。

　　那是搬进城以后，父亲公派外出，要好几个月才能回来。

　　一个远方亲戚进城串门，给他奶奶买了瓶桃罐头，奶奶拿出几次端详也没舍得吃，说等土豆爸爸回来一起分享。土豆偷偷捧出罐头像奶奶那样仔细地端详，忍不住用钉子把罐头盒扎了几个小孔，把罐头水偷偷喝了。浓稠滑嫩的罐头汁液流入喉间，好多天也忘不了它的香甜。待父亲回来，奶奶捧出罐头吃惊地发现已经发霉了。她回头看看身后羞红脸的土豆，竟咯咯地笑了。

土豆最大的愿望是像大人那样拿着钞票去交换等价物品，如果对方能找回点零钱那是最理想的了。他终于获此机会，赶上学校开运动会母亲给他五角钱，结果他算算这点钱只够吃饱午餐，不能找零。连续多年母亲在重大节日，规定发给每个孩子五角钱。一年两次，第一次是学校运动会，第二次是春节大年三十守岁母亲发的红包。

母亲从不重视六一儿童节。这些土豆已经习惯，但是，他小妹接受不了。五岁的小妹看到别的小朋友的家长都给过儿童节，她就坐在门槛哭。父亲、母亲没在家，土豆跑到邻居家借辆自行车，找婶婶借两元钱，拉起小妹说："走，哥带你去胜利公园。"土豆第一次骑这么远的自行车，累得他大汗淋漓。他把自行车停放到派出所院里，这是他边骑车边在心里规划好的路线。

翻浆的路面，坑洼不平，车老板扬起鞭子使劲喊，马车才咧咧歪歪踉踉走出泥坑。土豆庆幸出门前带了地图，这使得他们可以步行走到公园。

看到妹妹开心是他最大的满足。当然，土豆也很开心，他第一次尝试消费找零的感觉。他只认识面值两元钱纸币，超出这个面值，恐怕他的父母也不常见。土豆走路脚都带风，因为鞋不合脚。土豆十三岁了，没穿过新衣服，都是哥、姐或父亲、母亲穿旧的衣服。母亲用剪刀裁下一块，破洞的地方补一补，浆洗干净给土豆穿上。

马路上行人熙熙攘攘，自行车铃声清脆响亮。

公园对面，高低不平的路中间有棵粗壮的杨树伸出茂密的枝丫，如同硕大的雨伞撑起绿荫，树下拴着马车、牛车，还有刚刚卸下车的驴子。它们悠闲地摇摆着尾巴，比树荫两侧卖农作物的农民舒服多了。夏日天气烈日炎炎，菜农蹲在路旁，头顶火辣辣的阳光，往来行走的脚步扬起灰尘，空气中散发着牲畜粪便的味道。

转眼暮色降临。土豆因为道路翻浆，没有交通工具，坐在公园发愁。妹妹吃个面包，喝瓶汽水躺在他的怀里睡着了。他陪妹妹玩一天累得筋疲力尽。对面农贸市场的人也渐渐散去，公园里的人也越来越少。土豆展开随身携带的地图，再次确认路线，他背起妹妹决心走回去。

街上行人稀少。妹妹趴在他的背上睡得口水都流入他的脖颈。土豆一天没吃东西，饿得肚子咕咕作响，浑身无力。他走走停停想歇会儿，又放不下妹妹，一脚踩空把妹妹从后背甩了出去。妹妹被惊醒，重重地摔在地上，脸被摔破了。妹妹趴在地上哭，土豆揉揉自己被擦破皮的膝盖，忍着疼痛抱起妹妹。"丁零零"身后一阵急促的自行车铃声。卖冰棍大妈骑车走来，大妈头上戴顶洁白的帽子，身上扎着白围裙，胖胖的脸上一对小酒窝。她停下车子问询土豆妹妹哭的原因，接着一阵爽朗的笑声，拍拍车座子说："正好我的冰棍卖完了，准备回家，让你小妹坐上来我推着。"

城市的夕阳泼洒在他们身上，小妹露出笑容，把头贴在冰柜箱子上说："大妈的冰柜箱子味道真甜。"夏日空气里散发野草的味道，芬芳四溢。

多年后土豆住上楼房。城市的繁华使他感觉喧嚣，他搬到了乡下。落日的余晖洒满小院，微风传来窸窸窣窣的林间声音，土豆仍旧感觉喧嚣，但此时是悠然自得的热闹。

归　期

程美踏上开往南方的列车。她拿起手机，把通讯录上熟悉的朋友和最亲近的人全部删除，微信好友拉黑，把自己的微信头像也换成黑屏。

她长舒口气，瘫坐在火车靠椅上……

走出家乡是她辗转反侧最后的抉择，不管去哪儿，走出去就好。她想逃避眼前的境遇。

她终于静下来，可是她又怎么能真的静下心来。

她手机又响了，是车库女房东的电话，前不久她和女房东商量要解除租赁合同，女房东特别善解人意地答应退给她剩余房租，除去各项费用，虽然仅剩余几百块钱，但这对她来说，已经是雪中送炭。如果再早些提出退租会比这余款多一些，悔不该当初打肿脸充胖子，才租不到一年，准确地说半年都不到，路虎车的主人就变更为别人了。

关键是租车库时那一脸不屑的样子，如今，自己都感觉惭愧。面对 28 平方米的车库，她要求房东一遍遍丈量面积，说她的豪车娇贵，恐怕车库小装不下。经过三番五次丈量，房东又里里外外打扫干净，程美才稳稳当当地把车入库。房东嘻嘻地笑着说："嗬，是路虎车呀，我早就说能放下，看，宽超的。"程美说："这小车库，没几个钱，过段时间咱研究研究我出高价把它买下来。"造化弄人，想不到没多久竟出现如此天翻地覆的变化，已签协议，交完全年房租，怎么好开口说退租的事……

什么事都有因果，也好，放下这件尴尬的事，此后互不相干。

原本陌生人终归陌路。

可是，亲人却又不同，亲人走到天涯海角都牵挂于心，毕竟，血浓于水啊！

如今他父亲已经卧病在床，长时间昏迷。偶尔几次苏醒，眼睛直呆呆地看向她弟弟，手缓缓举起，无力地指向她弟弟。

程美最懂她父亲的心事，父亲惦记她弟弟无钱结婚，至今装修好的新房还在空着，原因与程美有直接关联……程美羞愧地低头不语。她偷偷擦擦泪水毅然决然地离开家乡。她有些迷茫，不知应该在火车的哪一站下车，到达想去的地方。她欠债太多，更不知道需要打多少年工才能给她弟弟挣来几十万元的彩礼钱，用多少年的漂泊才能还清亲戚朋友的债务。她再次感觉恐慌，陷入迷茫。

她恨运良，如果没有运良讲"故事"，如果没有萧天配合，就不会有今天。叹，人生只能悔不当初，却再也没有回头路。

萧天是程美爱人——运良结拜的把兄弟，萧天特别崇拜运良的聪明才智，缘于多年前某开发商动员搬迁占地，萧天家房门前土地多房子小。运良去萧天邻居家串门，恰巧赶上萧天和邻居商量此事。运良推门，探头看看萧天家小院，继而哈哈大笑说："你这小院可以大做文章，这回你的发财机会可到了。"运良比比画画地指挥萧天，"门前可以多盖几间小投资的框架房，剩余空间栽树，最好想办法批个房照，待拆迁预估价时，你这都算钱。

空着的地都是你的摇钱树。"

果然，萧天拿到了一笔数目可观的拆迁款。此后他们成为最亲密的把兄弟。萧天唤运良大哥，在运良面前萧天唯命是从百依百顺。萧天不了解运良是做什么工作的，就听说开的有公司。运良大哥拥有好几家公司，钢材公司、药业公司、木材公司……都在投资运作中。运良特别慷慨地说想让萧天入股，不管是哪家公司未来都有无限发展发财希望，萧天激动地握住运良的手，晚上两家人欢聚，增进感情。程美和运良嫂也互称好姐妹，他们一拍即合重新策划公司未来发展方向：首先要筹划启动资金，运良说："这不算啥难题，咱们可以融资，谁有钱咱就高息借，先还利再还本。这就靠咱们的人脉和信誉，按时还利息准时还本金，扩大社会声誉，咱们会越做越大越做越好。"

萧天找他的家人，程美找她的亲戚朋友高息借款。没几日，他们集资千万，全部来自身边最亲近最信赖他们的人。程美姑姑卖房子存下的钱，叔叔、婶婶种地卖粮食的钱，朋友工作省吃俭用存下的钱，还有一个开矿的朋友最多一次借给了程美 500 万。程美二姨和姨夫也迫不及待地从外地赶来，二姨特别节俭，半辈子没穿过一双新袜子，平常吃菜都少放油多放盐。

老两口无儿无女，常年在外地打工。二姨做保姆，二姨夫在一个学校做门卫，他们收入不高，但是生活比较平稳。最近二姨夫身体不好，二姨让他去看病，他坚持不肯去医院，担心检查出可怕的病还得花钱。

二姨站在程美家的客厅，四处张望，小心谨慎地解开蓝色半截棉袄扣子，从棉袄里怀兜掏出几沓钱，两张存折，动作迟缓，声音低沉，似乎把她大半辈子的心血都掏出来放到了桌子上。她脸上露出憨厚质朴的笑容，"美子，听你妈说你们和朋友合伙开公司缺钱。"程美说:"二姨,这是融资,我们高利息借款。"二姨说:"如果是你自个儿家干,二姨就不要利息了,什么利息不利息的,俺们也不用这钱。这现金你数数,这两张卡是我和你二姨夫每个月开工资的银行卡,以后月月工资就存给你们用吧。""好的,二姨你交给萧天吧,他用钱办事。"程美说。

萧天点点头示意明白,转身把现金和银行卡收起来。

程美母亲听说程美和萧天要经商,资金短缺,回家和程美父亲商量,程美父亲毫不犹豫地说:"孩子用钱就先给她拿去用,利息咱不要,等她生意走向正轨,就不差咱这俩钱了,用钱时打个招呼就取回来了。"程美妈妈说:"咱儿子才订婚,过个三年两载娶媳妇,拿不出钱,儿媳妇妈像个小辣椒似的,能答应咱吗,还不给搅黄了。""嗨,用不了那么久咱美子就还钱了,她弟弟结婚用钱她能不急吗?手心手背一样疼,咱不能偏向,重男轻女呀。"程美父亲说完,母亲会心地笑了。这也是她母亲所想,只是想试探程美父亲的想法是否与她契合。程美把钱带回家,骄傲地说:"看,我爸妈拿来的二十万元现金,这是无利息的。"萧天咯咯笑着说:"我爸那点积蓄我也拿来了,不到十万块钱,还有我叔的,到时咱都给利息,不能亏欠老人。"运良腋下夹着公文包满脸自信,每当提起开公司的事,都先清清嗓门,慢吞吞,故作思考的神态,然后给萧天讲未来的规划……转眼时间已经过去一年,运良还在商谈这十几家公司的运作规划。程美有些急,她催萧天问问公司什么情况,借款日期快到了,得遵守承诺按时还息。提到这运良如梦初醒般地说:"我咋把这事忘了呢。对,还利息,我们马上筹备还息。"当下毕竟手中集资到的本金比利息多,他们主动通知被集资户主按时取息,取息的人都为他们竖起大拇指称赞:"果然履行承诺,真的大有作为……"

萧天也懒得问公司的运作情况，他学运良的生活态度，平常同运良一起吃吃喝喝，结交朋友，有时出去娱乐，或者坐在湖边钓鱼。为了安抚程美，让她不天天折腾唠叨他们，他给程美买了辆路虎车。他们看上去生活有滋有味似乎一夜暴富。

翌年又到借款还息时间，没等萧天提醒此事，运良主动找萧天商量，他说："将来的药业公司给你吧，投资大回报率也高，只是你还得投资。另外集资款利息日到了，我们还没运作到赚钱那一步呢，你们暂时把车和房子做抵押贷款吧！如果我有像你家那么大的房子，我也乐意做抵押贷款，很遗憾，我的房子太小，贷款额也少，所以……"最后是程美拿房子做抵押贷款凑足钱付的个人利息。如此讲信誉的集资户，当然受到信赖，萧天的公司没做起来，却备受好评，愿意借给他们钱的亲戚朋友越来越多，他们自然有用不完的钱。他们毫无节制地借用消费贷款，不到三年，运良口中描述的"公司"出事了。资不抵债，也有人时不时家里急用，想抽出本金。取大额本金，小额本金的人都有，比如程美二姨夫确诊胃癌，着急用钱，原以为一个电话钱就能汇款到手呢，结果程美支支吾吾给不出还款具体日期，她二姨急得哭哭咧咧地找上门，萧天赶紧给运良打电话说明情况，运良说："现在公司有困难，需要他们助力解决。"这一年来抽取本金的人越来越多，原因是公司不能及时付息还款的坏消息不胫而走。面对作茧自缚的困境他们难以招架，想不到她二姨也来"凑热闹"。程美皱着眉头，一脸嫌弃的样子，用沉默抵御她二姨的抽泣。程美母亲帮忙四处求借，给她二姨拿点钱应急。消息传开，程美的亲戚朋友相继都来取本金。三年了，运良说的众多公司，也只有租的办公室是能看得见的实物，其他都是空架子，纸上谈兵。程美醒悟这是个骗局，萧天却不肯承认这是骗局，他和运良一样给亲戚朋友讲"故事"。而听故事的人却不肯"画饼充饥",纷纷讨要本金,他们的房贷也没钱如期支付,日子过得越来越糟糕。银行把房子收回抵债,朋友把车开走抵钱。这只是杯水车薪,根本无法解决更多的债务纠纷……

程美走了,不知何日是归期。

荒野群狼

这是他们向往已久的山野生活。儒昆喜欢宁静，羽佳喜欢大山里采不尽的野味，当然更重要的是他们的孩子多，搬至乡下自力更生不会受困挨饿。

两间孤独的小房，坐落在山脚下。除此之外要走很远的路，才能到达一个没有几户人家的村庄。

房子周围是茂密的森林，经常能听到各种动物的叫声。尤其夜深人静时，鸟的声音此起彼伏，有的声音特别动听，有的声音听起来则令人毛骨悚然。这里经常出现狼群，尤其在冬天的夜晚，北风肆虐掺杂着狼叫，会令人浑身发冷，似乎发根都竖起来，的确有着"鬼哭狼嚎"冰冷凄厉的感觉。次日推门就会看到院子里到处是狼的白色粪便。他们已经习惯这种生活状态，也有办法应对狼的出现。

这是个白雪茫茫的冬天，动物们冒着生命危险接近人类觅食。一只狼伸长脖颈站在山岗上嚎叫，刹那间，来自四面八方的狼身披白雪从林间钻出来，它们浩浩荡荡从山上走下来，想要袭击村庄。它们有时奔跑，有时仰天长啸，它们在茫茫大雪中结队出行，离儒昆家越来越近。儒昆隔窗眺望，狼群中有三只狼形影不离。儒昆有些好奇，他没有猎枪，只好点燃几个双响爆竹，以此响亮的声音模仿枪声。突然三只狼走散，奔跑中看得出有一只狼受伤，一瘸一拐的，瞬间它们又聚到一起，受伤的狼把前爪搭在另一只狼的背上，还有一只狼也把脊背挪过去，轮流搀扶受伤的狼。它们经过儒昆的小屋，向更远的村庄走去。

这天夜里，风声很紧，窗户纸被吹得呼呼作响。儒昆不在家的日子，羽佳把房门锁得更牢。她拨亮油灯，手拿鞋帮准备给孩子们做鞋。突然，窗外传来"咯吱咯吱"的响动，随即屋后传来猪的叫声。羽佳拿起手电筒，站在门口有意大声呵斥为自己壮胆，她大声吼道："是谁弄俺家的猪崽，快滚开。"话音刚落，猪的声音渐远，接着恢复了夜的宁静。羽佳心疼地跺跺脚，自言自语地说："又是狼来了。"她终于理解杨屯大猫家的鱼塘为啥不养家禽了。

"这么方便的水域，咋不多养些鸭子、鹅？除自己家吃外还可以拿到县城集市去卖。"羽佳说。大猫的头摇得像个拨浪鼓，"不行，这绝对不行，养多少鸡、鸭、鹅也挡不住山狸子和狼来吃。"

儒昆家又损失一只小猪。

羽佳把猪圈用麻绳围一圈，把狗迁至猪圈附近。这是她家养了好多年的大黄狗，身体健硕，皮毛光滑，每天都摇着尾巴在他们身边晃来晃去，不准任何人靠近他们，俨然一家人的气势。

大黄在那，他们可以踏实睡个安稳觉了。

未曾想，凌晨一点多，狼群再次袭击猪圈，狼一口咬住猪的脖颈，小猪没来得及尖叫便命已归西。大黄毫不示弱地与狼搏斗，狼群包围大黄，大黄寡不敌众，狂吠挣扎。羽佳披上棉衣，推门循声看去，眼前已打成一团。羽佳拿起铁盆，用力地敲，夜空寂静，声音嘹亮惊动山下的小村庄。村里的乡亲们跑上山坡，问他们发生了什么事，羽佳跟乡亲们讲述刚才所发生的事情。她说情急之下只好用敲盆的办法吓走狼。

乡亲们说，如果狼再来，可以喊他们帮忙。

大黄也败下阵来。羽佳把它牵到屋里，大黄蔫蔫地低下头。羽佳说："大黄，你战败了吧！"大黄趴在地上，像个委屈的孩子，一下一下舔它的伤口。羽佳小心翼翼帮它包扎。

羽佳一夜未合眼。她听到雪地上又是一群脚步声，大黄挣扎着站起来，羽佳摸摸它的头示意不要动。羽佳给大黄倒点水，给每个孩往上拉拉被子。

天亮了。羽佳蹚着雪抱起一捆柴火。炊烟在屋顶袅袅缭绕，又是一场大雪，把狼的脚印画得很深。

同学会

"说好了，今天同学会，我请客，回来晚，喝多你可别怪我哈。给我留门，不一定啥时到家。"莫非坐在沙发斜睨着眼神看简洁，半真半假半开玩笑似的说。

简洁说："喝一回醉一回，说好戒酒，怎么又捡了起来？"莫非说："老同学三十多年没见了，能不喝点吗？"

简洁说："我只是随便说，我能管着你喝酒吗？"说着说着俩人聊天的气氛捎带火药味。简洁长吁一口说："算了，不说了。"莫非顺势躺在沙发上眯着眼说："我也懒得说。"简洁想："我一定要有思想准备，今天他准喝多，回来后我要保持沉默。这么多年每次他喝酒回来我们都会大吵一场，现在想想多没意义。一个清醒的人和一个酒醉的人认真地吵架多没意义，弄得声嘶力竭身心疲惫，有时为了争个理，吵到天亮。结果他醒酒后拒不承认当时说了啥，轻描淡写地翻页。他竟然已经忘记昨夜不愉快的事，让自己提醒因为啥吵架！"于是酒战结束，日子继续过。

莫非照镜子精心打扮一番，开车准时奔向酒店。

简洁悠闲地听音乐，享受岁月静好的时光。她突然想起一件事，捏着电话犹豫。她和莫非有个心照不宣的协议，谁一旦在外边有应酬，对方轻易不要电话打扰，这是铁定印在心底的规矩。

简洁赤脚倚着沙发跷起二郎腿抖动着，她犹豫不知该不该给莫非打电话。她用手指画着弧形在电话听筒上摩挲："明天我要外出，有件衣服找不到，是你帮我送干洗店了还是弄丢了？"简洁还是拨通电话，追问这件小事。

电话那边欢聚的气氛高涨，歌声、笑声、酒杯碰撞的声音此起彼伏。电话里莫非的声音也突然变得柔和富有青春气息。

此时同学欢聚，人生后半部全部翻篇，聊起的都是曾经。在他们心里眼睛里满世界都是青春的影子，他们回忆畅谈三十年前同窗读书的美好时光。

初秋的夜晚，空气格外清爽。推开窗，青蛙敲着鼓，风携来林间鸟鸣，草籽爆裂的味道浓郁芬芳。半弯月亮升起来，清澈明亮。

简洁进入梦乡……一觉醒来已是凌晨三点钟。简洁忽地坐起来，发现莫非没回来。她拨过去电话，莫非没接听，她再次拨过去……她拨了无数个电话过去都无人接听。简洁没有困意，她庆幸自己有个莫非发小太太的微信，虽然夜已深，但简洁已顾忌不上所谓的礼貌和脸面，她一遍遍拨打这位发小太太的电话，发小的太太在睡梦中被惊醒，迷迷糊糊地说："我先生早已经到家。"简洁和她先生对话，她先生说："我们开车一行好多同学，把莫非送到你家楼下，亲眼看他进入小区大门。"简洁下楼围着楼群转，深夜，万籁俱寂，仿佛只有天上逐渐暗淡的月光陪伴她。

简洁无助地奔跑。园区静得飘落一片树叶都能听到响动。胆小的她忘记恐惧，她边走边喊莫非，她四处电话求助，唤醒半睡半醒的保安，唤醒亲戚，唤来他的朋友，人们纷纷寻着莫非。莫非坐在园区外的一个角落里，任凭大家喊他的名字，就是不作声。

他垂下头唤另一个人的名字："小蛾子，我爱你，你这个花蝴蝶，咋走得这么早，死得这么早，我再也见不到你了。你这个小蛾子，你是我的花蝴蝶。小蛾子。"简洁终于循声找到莫非。简洁站在莫非身边，莫非旁若无人般继续喃喃地说："小蛾子，小蛾子你不知道我有多爱你。"

小蛾子是莫非高中同学，莫非和小蛾子是同桌。学生时代小蛾子经常给莫非带好吃的，主动和莫非说话，让莫非帮她解答化学难题。她塞给莫非一个煮鸡蛋说："俺娘给俺煮的，快趁热吃。俺给你拿好吃的就是想让你帮俺解答难题。你学习好，这些俺都不会。"莫非不好意思地用文具盒推回去，表示不要。然后话锋落在"难题"上。莫非讲解一道难题，像聊天似地三言两语说到点上，使人一听就懂，比老师反复讲解举例说明明白得多。莫非是班级学习委员，平时话很少，每天就是闷头学习。小蛾子是乡下孩子，每天到镇上读书要走上六七公里路。有时不吃早餐，她母亲就给她烙张饼或煮个鸡蛋带着。她舍不得吃惦记给莫非，她多希望莫非除了讲解"难题"再多和她说说话，但莫非板着脸从没有多余的话。

高三时，班级好多同学偷偷谈恋爱，莫非喜欢小蛾子也没敢说。他想他是班干部，又是全校有名的尖子生，不能因为恋爱给自己抹黑。初中时他就偷偷喜欢从城里新调来的雨婷，雨婷大眼睛，椭圆形脸，梳着两条小辫，粉红格子上衣。莫非坐在她后排，偷偷看她白色的脖颈，一条直线分开的两条麻花辫子。莫非有时甚至看雨婷的后脑勺心都会莫名地加速跳，雨婷回头无意中看他一眼，他就会脸红。高中他俩仍旧分到一个班级，还是前后座。

一天杨文波让他帮传字条给雨婷，雨婷红着脸看完给杨文波传回一张字条……当莫非醒悟后才发现，雨婷和文波已经相爱。

他回家把父亲的杜康酒偷偷灌上几口。"何以解忧？唯有杜康。"酒又何能解忧?!

马上高中毕业，小蛾子按捺不住对莫非的喜欢，她经常有意无意地用胳膊越界碰碰莫非。莫非向一旁躲，把那张课桌三分之二的面积让给小蛾子，小蛾子趴在课桌上哭了。

从没有女孩对他那么好，但是学生时代的莫非就是没有勇气说"爱"。

三十年后同学聚会，有个同学拿出那年的毕业照，大家对号入座，看谁没来。

那天莫非精心打扮一番，他相信能见到小蛾子，结果大家说缺席的小蛾子已经去世，就在去年突发疾病离世。

莫非不肯上床，躺在地毯上。

简洁坐在沙发上看他哼哼唧唧地说着醉话。

▎ 静夜独语

夜难寐。觉得要做的事太多，又不知从何入手。文字工作像编织毛衣，越织越温暖，越织越冷清。听，什么声音在撞击，日与月，刀与火。此刻，散落一地的情绪不知从何收起。

多么美好的夏天，只是偶尔怀念母亲，怀念过往。

在夜晚不敢说出的死亡，只待天明交出来，让火辣辣的太阳曝晒，让记忆铺陈，重新理清生与死的重要意义。

那夜，我突然想起母亲、父亲、哥哥，还有三个年长的姐姐，想着想着，他们好像都来了。这是幻觉，人世间有许多是虚无的，但活着真好。

突然想起那么要强的姑姑，坐在病床上哼哼呀呀地说："我不想死，我留恋这人世，活着多好，可是我天天都能梦到死去的亲人，可能我也快走了。"不久她真的在挣扎中离世。不是因为梦，是因为她无法抗争的绝症。

进入养老院的姐姐，在前一晚说："病痛难忍，如果我这样睡去该多好。"第二天，她进入昏迷，送至临终关怀养老院，几个比丘尼和居士站在她的身旁诵经，不到半个时辰，她便离世。

好久没跟她说话，从此诀别，再无话可说。

四姐病重时，我恰巧在埃及旅行。那天是旅行的最后一个夜晚，我们住在花园似的酒店。到达酒店时夜已经很深，星光缀满苍穹，蝉鸣时起时落，拉开窗帘，窗外零零散散的灯光打在蔚蓝的泳池里，埃及榕、棕榈树随风摇曳，醉人的光线散发出神秘的色彩。我独自拥着馨香的空气入睡。梦中，来到一个更加陌生的环境：啊，漫山遍野细碎的小花，簇拥在连绵起伏的山岗上。一条清澈的甘泉涌动着，汇成小河。火红的石榴树，美丽的纸莎草，花圃间流淌着清澈的河流。突然眼前伫立一排房屋，屋子里传出嘈杂的声音，一群人好像在围观又好像在做着什么，透过窗子缝隙，看到是我四姐躺在其中，一群人在给她诵经，有一个声音传来说："她马上要走了。"

我一惊，梦醒。第二天回程路上，传来消息，说："四姐病危，挺不过明天。"倚着那扇门，我梦境中的场景突然出现，奇怪的是，毫无偏差地吻合。

生死是永恒的话题，死亡是生命的终止。每一次永别的最后时刻，都会有亲人或不相干的人讲出一段难过的往事。母亲离世时只是微微闭上双眼悄悄地走了。父亲去世时，躺在医院走廊，说："快、快。"示意让我唤医生。小镇长长的走廊空无一人，帮忙的医生着急取钥匙开病房门，当他取来钥匙，打开病房门，父亲已经离开这个世界。

康康父亲一生为人敦厚、老实。平常两点一线工作，无不良嗜好，退休后经常健身，惜命如金。突然有一天，心梗送医院抢救，医生说需要做手术。康康父亲在重症监护室苏醒时问医护人员他还活着吗，医生说不要怕，他现在还活着。他说前一晚亲眼看到一个老头白天说话呢，晚上就死了。就在他身旁推出去的，吓得他一宿没合眼。

第二天医生下病危通知书，康康父亲转眼间也被推出去。

生命如同一根藤蔓，爬着爬着就终结了。

夜晚不适合怀念。每捡拾一粒怀亲的文字，自己就像无根草，四处飘摇。

好在这个夜晚是夏天，想想长白山的林带，呼伦贝尔的草原，一切又开始茂盛起来了。

第四卷 城里的土豆

善财老人

改革开放后，善财老人从乡财政所申请贷款，承包土地、鱼塘、乡镇副业场。

大半辈子没种过地的善财老人，对于农业知识一概不知。他每天看书读报，在文字里寻找养鱼、种田的技巧。

老汉真想甩开膀大子干一场。他请来挖掘机把砖厂铺平，垒上院墙，盖一栋平房。房子后院修成稻田，稻田中央用挖掘机挖了一个大鱼塘。在乡副业场又承包了一个鱼塘，鱼塘周边山上山下道左道右都是他承包的土地，主要以种植玉米、大豆为主。房门前划出一小块地种枸杞。这是一个多么宏伟计划。

春天当布谷鸟发出第一声啼叫，河谷融化，土地苏醒，柔软的风吹拂大地，善财老人家开始热闹起来。种地的短工、干零活看鱼塘的长工，房前屋后上百人拿着劳动工具等候吩咐下地干活。佣金有日结的，有月结的，金额不同。厨房大锅贴面饼子，大米饭热气腾腾，一部分人来家吃，一部分人需要开车送地里吃。一时间仿佛春光一股脑全部涌向善财老人家。持续近半月之久，种子基本落地，院子里只剩三两个长工干零活，种自家吃的蔬菜，育稻苗。副业场坡上坡下盖两套房子，雇用一对无儿无女的老夫妻，一对三个孩子的小夫妻。老夫妻看地，小夫妻看鱼塘。善财老人的日子如小河流水般清澈、动听，淙淙而过。

　　转眼秋天，丰收的季节到来了，老人加大力度，多雇人日夜看守这些粮食，担心被牛马践踏啃食，也担心被偷。"严守，一定要安排人严守。"善财老人叮嘱管事的，管事的连连点头。

　　善财老人坐那看电视，一小口一小口品着茶香。地中间有三五个小板凳，板凳上坐着几个孩子同他一起看电视。渐渐地，人越聚越多。因为十里八村只有善财老人一了买电视机。每天夜幕降临时人们便开始往他家聚集：有靠墙的，有坐在炕上的，有站在地中间的，善财老人家的房间被挤得水泄不通。老人推开窗把一台12英寸黑白电视机，捧到窗台上。霎时，院子里站满了人，都是本村和方圆几十里路赶来的村民。

　　刚改革开放期间，乡村才起步走向富强，善财老人大踏步先行一步。那时，村里跑辆汽车，正在操场玩耍的孩子都会被惊呆，跟在解放汽车后边跑，边跑边喊："大汽车，大汽车。"汽车"呼"的一声扬尘而去。

　　如果在蔚蓝的天空下，有飞机在头顶掠过，更是一片沸腾。孩子们指着天空喊："看天上的大飞机。"每次村里来大汽车，基本都是从城里来给善财老人家送家用电器的，有电视、洗衣机、录音机、冰箱、缝纫机等。餐桌也变成立在地中心上可以折叠的"靠边站"。

　　利用价值最高的是电视机和洗衣机。临近春节，左邻右舍拆洗被褥都去善财家借用洗衣机。善财把洗衣机也搬到外边，大家排着队洗衣服。轰隆隆、轰隆隆，不到两天洗衣机就被烧坏了，院子里也又恢复了平静。

　　相比之下，电视机比洗衣机抗造，看着看着出现雪花，老汉顺着电视机的后脑勺拍两下就又好了。洗衣机烧坏要拉到市里维修，邻家的女人们天天来打听什么时候能用，气得善财他老伴噘嘴，嘟嘟囔囔地说："我还没来得及用呢，就让她们给用坏了。家里拆洗那么多被子都是我用手洗的，还好意思问呢。"善财老人说："买不就是用的吗？邻里之间搞好关系，借就给用用呗。"

善财老伴边捡拾昨晚人们临时坐的砖头瓦块，边说："孩子衣服挂在外边，今早又丢了。"善财老人说："人多，顺手牵羊难免的。"

那时一年下来村里也没什么好看的，只有秋天挂锄，送戏下乡，村大队搭台子唱几天东北二人转，或是放露天电影。而电视天天有节目，这可是新鲜。一年后善财把黑白电视机卖掉又换了一台彩色电视机。赶上春节，房间里的地炉不敢点燃，担心烫着观众，看电视的邻里乡亲们已经没有地方坐，站着都拥挤，人多到从地上穿鞋站到炕上。要是赶上春节看联欢晚会，能从早晨挤到午夜，直到节目主持人说："各位观众今天节目到此结束。"电视闪动满屏雪花，大家才散去。那一年，节目刚一结束，只听"轰隆"一声，随着炕上观众齐涌出去的力量，地中心的铁炉子连同炉筒一同倒下。房间里一片狼藉。空下的房间没有取暖设施，一切都是凉的。善财老伴进屋又向老头汇报："准备过年的猪肉板子又丢了。"

善财老人在当地是出了名的大善人。春节秧歌队每年都忽略村领导班子，自发第一时间去善财老人家拜年。领队的进屋就给他磕头，说来拜年了。秧歌队在他家绕来绕去不愿意走，他说多赏钱，于是大浪花和丑角跳得更欢，异口同声说："谢谢，善家真好。"

善财老人家的大院能容纳上百人，村里露天电影也被安排到他家大院，没等他老伴开口说什么，他马上笑呵呵地说："被人需要是一种幸福。"

老伴告诉他家长工，把院子里的木头、木板能用上的都排成排，以便看电影的乡亲坐着方便。

夏季，繁星满天，空气里混合着草木的清香，房间看电视的人都走光了，他们纷纷涌向善财老人家的大院里看电影。

池塘上顺着木板桥吊几盏灯，不仅为了照明，更为了吸引蚊虫扑上来喂食小鱼。月亮缓缓升起，半弯月亮的影子贴在水面上，青蛙有节奏地呱呱叫，蛐蛐在草丛间此起彼伏地低鸣。小山的剪影落在月光里，电影传出的歌声在水塘间萦绕，恰如人间世外桃源。

那年没丰收。善财不懂农耕细节，所有养鱼和农业知识都在书里找，或许有的专业知识没读透，也或许没有实践经验，比如种子品质、播种、插秧、施肥……需要把握这些播种插秧的黄金时段，错过恐怕收获有所减产，但是他们真的错过了。到播种时间，农民都先忙完自己家的活才出来打工。即便高价雇佣也很难请，请来的人工钱是平常的两倍。

于是播种黄金时段干活的人少，甚至别人家的大豆都从地里拱出豆苗了善财老人的大豆种子才落地。每一步都比别人家晚一截。懂得农耕的都知道，一个阶段得去地里查缺苗，及时补苗。锄地时需要科学地去留幼苗，稻田灌溉也不能缺水，不是插秧后就没事了。养鱼也有养鱼的讲究，冬季也要保持水位高度，注入新水，尤其注意水塘要凿开几个洞，以免鱼缺氧，投饲料也有科学比例……

年底会计上报这一年入不敷出。由于从播种到收获全部雇用大量昂贵劳力，且错过黄金时段，粮食减产又赶上跌价，结果全年亏损，只好等待来年新一轮的播种。

冬天，两个鱼塘已经冰封，冰上面覆了一层厚厚的积雪。善财老人吩咐工人把雪扫净，却没考虑需要凿几个孔，结果因缺氧死好多鱼苗。

鱼塘用水泵不断地注水，结果堤坝漏了好多洞，时间赶在夜晚，人们都在熟睡。第二天发现时，已经流失好多鱼。天寒地冻没有软质泥土弥补窟窿，只好火速去城里买沙袋。

这一年损失惨重，第二年继续耕种，仍旧重复往年的覆辙，种地善财老汉就是外行。连续五年亏损，再也无力拼搏，余生只有负债前行。

┃ 楼道里的脚步声

三石和木子成家后住在出租房，木子在家陪娃，三石上班。他们最大的财富就是对方和孩子，半间平房是别人的。

他们这份婚姻真的不容易，原因是，双方父母不同意。三石妈说木子长得个子矮，影响下一代。木子妈说三石人懒，嘴油腔滑调的，没啥出息。

其实双方父母所说，都是言不由衷的话。他们主要在乎的不是这些，而是双方谁都给不了谁优裕的经济条件。三石家兄弟五人，原本家境就不富裕，还得给每个儿子买房娶妻，着实是件令人头疼的事。三石母亲想给三石找个"倒插门""入赘"的女方家。

而木子母亲想把木子嫁出去时多要些彩礼，自己留一部分做养老金，女儿也能得一份，如此自然生活宽裕。

结果事与愿违，双方皆不如意。

后来，三石和木子向家里承诺，只要答应让他们在一起，将来结婚不管遇到什么困难也绝不要父母帮扶。无奈，双方默许。

于是，两个人简单举行了一场不被父母亲祝福的婚礼。

婚后，虽然一贫如洗，但是，日子过得其乐融融。

每天早晨，木子起来做早餐，给三石挤好牙膏，毛巾备好，

第四卷 城里的土豆

皮鞋擦得油光锃亮，装好饭盒，目送他上班。三石每天下班按时回家，每当三石快到家时，木子喜欢把耳朵贴在床上，床上被子的棉絮光滑柔软，从缕缕棉絮的清香中，传来轻微的脚步声，准确地说是从不太结实的木制床底部，传来楼道里从一楼到六楼，由远及近一步紧似一步年轻欢快的脚步声。是三石回来了，木子站起来，站在门后等候三石进屋，跟他捉迷藏，让他找……他们每天都如久别重逢般地相见欢笑一阵，然后带着幸福的笑容吃他们的粗茶淡饭。

即便有孩子添乱，木子也一如既往地给三石做饭，装好饭盒。

一天，木子生病，早晨还在咳，她推推三石说她不舒服，做不了早餐，让三石赶快起床上班。三石立刻一骨碌爬起来，边穿衣服边说："时间不够，那我就不吃了。"他匆匆忙忙洗漱完毕，推门即走。

这是他们结婚后木子第一次卧床生病。木子有些头晕，她发现自己发烧了。她想买药，又担心外边太冷孩子小怕挨冻，把孩子一个人放家，又担心不安全。她没有电话，她盼望三石快回来。

"咚咚咚，当当当。"木子把耳朵贴在床上听，多熟悉的声音，这是三石的脚步声。听得出三石今天的脚步声比往天更轻快利落，一定遇到开心事了。

三石进屋迅速脱掉鞋，径直走向电视，边打开电视机边说："快看，我们单位文吉太太上电视了，模特走秀特漂亮。"他回头瞅瞅躺在床上的木子，又催一遍，"快起来看模特，可好看呢。"

木子突然心情不爽，生气地说："人家媳妇你急着看什么？"三石说："咋的？好看的女人谁都愿意看。文吉太太就是好看，听说前段时间生病住院，人山人海排着队去探望她。人哪，不但漂亮也得事业蒸蒸日上。"

木子忽地坐起来欲言又止，转身又躺下。

雪，扑打着窗户，玻璃被冻得满是冰窗花。

"是的，我是在看模特，看别人的媳妇，又能咋样？都比你强，是个女人就能赚钱，谁像你待在家里，一身娇毛，我赚钱养活你就不错了，还挑肥拣瘦地找我毛病。"三石边说边穿上鞋"吭当"一声摔门而去。

木子抱着孩子满地转，难过地哭了。三石越来越厌倦现在的生活，他经常和朋友一起出去跳舞喝酒。

木子呆呆地坐在窗台眺望着满天星空。她没联系上三石，只能随三石的心情，想什么时间回家就什么时间回家。木子很无奈。

这天，为庆祝他们结婚纪念日，木子做了好多三石喜欢吃的美食，她呆呆地看向闹钟上的时针、分针、秒针跳动，楼道里仍旧没有脚步声。

她推开窗，坐在窗台上，仰望夏日星空。多美好的夜晚，两年前的今天我和三石组建了家庭，如果三石也记得就好了。

天色渐亮，楼道里上上下下，邻居走路的脚步声音频繁，凌乱。渐渐地，楼道静下来了，三石仍旧没回来。木子靠着窗台睡着了。直到第二天中午三石才回来，木子焦急地问他去哪了，三石说单位旅游，他出去玩了。

三石兴奋地说他们玩得很开心，有露营，有篝火晚会，大家一起唱歌跳舞特别尽兴，一夜未眠。他说他困了回家想好好睡一觉。

木子递给他擦脸毛巾，而自己的眼睛里却偷偷噙满泪水。

三石说木子像个傻子，知道的东西太少，外边的世界好精彩。木子看看怀中的小宝，是的，她眼中的世界太小了，小得只有孩子和三石。

楼道里的脚步声又响起来，"咚咚，咚咚"，一声、两声、三声，都不是三石的脚步声。

以前三石的脚步声特别动听，楼梯好似他的琴键，高低合音带着落日的余晖轻松愉快，铿锵有力的声音越来越近，最后停顿半秒就变成敲门声了。

现在声音出现的时间越来越晚，有时甚至午夜才敲家门。

步履节奏沉重、缓慢，伴着酒醉的顿挫音推开家门。

三石又喝醉了。木子推门搀扶他进屋，他径直跑到洗手间呕吐。木子帮他擦洗，再搀扶他上床。木子尝试在他喝醉时不与他交流，待他睡一觉就清醒了。

三石并没清醒，每天回家都发脾气。

木子呆呆地坐在窗台上，听三石睡觉的鼻息声，梦呓声。她一夜未眠，她好像越加清醒，她把孩子送到幼儿园，自己借钱开了一家酒吧。

自从木子开酒吧，三石便自觉戒酒，再也听不到他晃晃悠悠的脚步声了，当然木子也无暇顾及三石的脚步声。

三石把耳朵贴在门上听楼道的脚步声，"咯噔，咯噔……"楼道传出女人高跟鞋的声音。三石没能辨别出是哪个女人的脚步声，他学木子那样趴在床上倾听，仍旧没辨别出是否是木子回来了，木子回来了吗？木子走了多远，究竟走了多远呢？三石没追寻到木子的脚步声。

| 洞里萨湖

位于柬埔寨西部与湄公河相连的洞里萨湖，是会令人慨叹难忘的具有异域风光的湖。

一望无际的湖水，在阳光下熠熠生辉，微风吹拂像一双温柔的手推动摇篮般地推着湖水摆动，水上五颜六色的铁皮房、木板房也随波摇晃。

船舶入湖面，"水上人家"看得更清楚了。这是一群在战乱时期被赶上湖的难民。柬埔寨政府不接收他们，越南政府又禁止其入境，因此使得他们的祖辈既无国籍又无土地，他们是一群有家难归的人。无奈，他们只好选择世代"漂"在水上度日。

放眼望去，碧波无垠的水面漂浮着形状各异的小房子，房屋大小不同。

有的小房子门楣上挂着牌匾，标识醒目的 logo 中有教堂、诊所、小卖部、学校，还有警察局……房屋简陋但色彩明丽，像个小积木牢牢地扣在船上。湖水散发着鱼腥味，隔窗远眺，迎面阳光洒落船舱。

初次见湖面上有如此密集的水上人家，感到十分惊讶。不知不觉，背上一双小拳头雨点般地捶过来，回头见是一个八九岁样子的小男孩，他忽闪着大眼睛，皮肤黝黑，胳臂干瘦，浑身充满活泼调皮的气息。他见我吃惊疑惑的眼神，加大力度地把掌心扣在我的肩上，附加一项，捶背按肩。我塞给他几张小额货币，他鞠躬接收后继续"噼里啪啦"地捶背，弄得身边人忍不住笑他调皮。接着又跑进来好几个孩子为游客按摩捶背。我哑然，心想："此时他们正是坐在学堂读书的年龄。"

平静的湖面，偶有往来船只掀起波澜。浅水处草木茂盛，不知名的树木立在水中，树梢翘起指尖伸向天空。多么旺盛的生命。

船行至小岛，刚要靠岸，一条小舟娴熟地划过来。一个年龄有十来岁的小女孩站在母亲身后怯怯的样子，母亲怀里抱着刚会坐着的幼女，粗壮的蟒蛇从孩子背部缠绕着搭到胸前，尾巴渐渐地蠕动翻转，向上翘，幼童吃力地坐在蟒蛇中间。母亲时而帮她向上抬一抬蟒蛇的身体，时而流露出可怜巴巴的眼神，向岸上看去。岛上荒无人烟，三三两两游客上去又下来。

落日的余晖泼洒在浅滩灌木丛中，浩荡的湖水携着风向灌木丛深处涤荡，灌木丛此起彼伏地弯腰，贴近水面，继而挺起强劲的腰姿站起来，作别夕阳，直到月亮挂到天边。

| 折 梅

　　我的身旁常有梅花开放，比如：冬梅、红梅、春梅、蜡梅……这些皆是一些女孩的名字，或许她们的父母亲眼见过梅花开，所以才会赋予她们这么俊俏、美好的名称。

　　在纷繁杂乱的俗世里，梅在我心里不过是某个小伙伴的名字。直到有一天我进入大森林，在冰封的山谷、断崖上，在人迹罕至黑压压的丛林里亲眼见到梅花，蓦然，长途跋涉疲惫劳碌的心，奔涌出一股暖流。啊，梅花。

　　很少多言多语的我，从小就喜欢跟在姐姐们的身后。姐姐说走，夏天抬腿就走，冬天加一件棉衣就跟在后边。很少问走多远、去哪里，感觉跟在姐姐身后永远是安全的。

　　那天冬日正寒，恰逢春节即将来临之际。

　　我们走很远的路，走的都是翻山越岭自己踩出的路。冷飕飕的风在耳畔呼呼地刮着，从黑漆漆的树干可以回想原土的模样。这里人迹罕至，偶尔见到车辙，也是人力小轱辘车压过的痕迹，一定是拾柴人从这里经过留下的。车辙上细细的纹理压成好看的花纹，留在厚厚的积雪上。每一步都是"咯吱咯吱"的声音，身体的沉重在纯净柔软的雪花里减负。我们的脚印只有飞鸟丛林见过，如果有风或许能吹平。这是件美好的事，想想下一场雪将填满沟壑，铺平我们零散的脚步，真是一场浩瀚的美。多喜欢不落一丝痕迹的雪啊！那纯净，那孤傲，那一尘不染的白，在连绵不断的山峰上铺展。假如会飞多好，雪地不留一丝痕迹。

站在冬天的丛林，山峰一览无余。

阳光洒在林间，山坡上的雪金光闪闪。忽地，一束束光线在心里开花。

多动听，啄木鸟挖掘树干的声音，把林间的风震慑住，山谷里泛出暖意。姐姐折几根树枝递给我，枯萎得干脆。一个没有生命体的事物握在手里，更会联想到寒冬与残败，我坐在老树墩上，听啄木鸟清脆有节奏地与树交谈。不知它长什么样，有着怎样的体态，怎样的动作，柔顺的羽毛是否被风吹过……当然能不惊扰它的话还是不惊扰了，自然万物自有它的去处与歌声。在这沐浴免费的阳光，聆听大地的呼吸，何尝不是大自然赐予的厚重礼物?!

我看见花开，顺着姐姐的手指，看见在山崖的灌木丛中有一簇小树，它们伸展着枝条，枝条上满是花苞，零星绽放出水粉色娇嫩的花朵，那粉色的小花上顶着一团团绵软的白雪。晶莹剔透的白，半遮半掩一朵朵水嫩的粉，把那山崖修饰得更加高耸、巍峨，令人却步。

捧着几根树枝回家，把它们插在水里，没过几日树枝上便爬满花苞，次第开放，精美的花瓶显得逊色，干枯的树枝抽出花蕊，这是多么不可思议奇妙的事情。姐姐说："这是梅花。"我终于知道为什么世上那么多女孩的名字叫花儿，尤其是红梅花。梅花多像我的姐姐，在过去苦难的日子里，用幼小的肩头扛起这个家。

记忆中，有时是一盏昏黄的电灯，有时是"滋滋"冒着黑烟的油灯，姐姐匆忙对着镜子梳上小辫，天未亮背着星光，拿着一块"哗哗"作响的塑料布去村里集合。

多年后我才知道，姐姐是和大人们一样干农活，播种、锄地、给庄稼施肥……塑料布是围在身上防露水的，露水似雨水般滚落。姐姐年纪小个子矮，庄稼没过她的头顶。她一路小跑跟在大人身后。她多希望走到地头歇一会儿……每次歇工她都想躺下。她已经形成一种习惯：把两只扁担并排横在土篮上，躺在扁担上休息。半睡半醒间能听到周围人交谈，她听见欢笑声、嬉闹声，突然，隐约听见一个女人的叹息声："唉，这个孩子真可怜，天天跟头把式地和大人一起干活。家里穷得吃不饱，饿得直打晃，一歇工就躺着。"旁边队长说："明天借她家点粮，让她妈妈去生产队取。"姐姐马上有力气了，立即从扁担上坐了起来……

我睡意蒙眬中感觉母亲也早早地起了床，母亲搬来姐姐放下的小镜子，蹲在炕沿，在浑身布满凸凹不平如鱼泡般花纹的小瓶里取出一点发油，纤细的小手搓一搓，抹在干净的发丝上。这是父亲给她买的头油。

房间立刻散发出淡淡的清香。这个场景持续没多久，再也没见到母亲借着昏黄的灯光，蹲在炕沿抹发油。除了愁苦。母亲用瘦小的身躯撑起家庭的重担。

夏季的雨说下就下，淅淅沥沥下个不停。我坐在窗台，看屋檐上垂下的雨水，像断了线的珠子，一串串地垂落。

不知从哪儿跑来一群孩子，站在屋檐下被雨淋得蔫蔫的。小山被烟雨缭绕着，姐姐从朦胧的烟雨中抽身而出，一大步迈到屋檐下，湿漉漉的脸上绽开胜利的笑容。姐姐手里捧着搪瓷缸，缸子里是刚摘回的野果——木莓。木莓树浑身是刺，姐姐躲过木莓刺，摘回这么多果子，木莓果红得通透诱人。姐姐把木莓端给我，眼眸中流露出喜悦，雨水在她脸上如露珠般滑落。她像一只可爱的小兔子跳上窗台，向雨水和刚走过的小山望去。

每当拾起那段回忆，便像燃起一段幸福时光。

现在生活越来越好，好看的花儿漫山遍野。更甭提城里的花市芬芳四溢，尤其冬天临近春节，从南方引进的鲜花，大朵大朵鲜艳夺目。

毕竟血管里流淌着母亲的血液，同样延续了母亲的爱好。我热爱大自然，喜欢花草如醉如痴。我反复折叠一条蓝色碎花薄棉裤，像折叠一段岁月。隔着花布，感受棉絮的轻柔温暖。这是姐姐用一天时间给我缝制的，这使我感到温暖，同时也羡慕、钦佩她的心灵手巧。

女人如花，花如女人。在亘古通今岁月的长河里，鲜花和美好息息相关，有的花儿娇贵，有的花儿冷艳，有的花儿傲雪凌霜独自开，比如梅花。

从百木园到百花园

这是多么惬意的生活，把自己融入大自然，从百木园到百花园，这些植物好比一只只石英钟，齐声呼唤季节的更迭，它们更像一支温度表，准时播报气候的冷暖。

即便在黑夜，于隆冬的季节，想起它心中如烈烈夏日般丰盈。

多好啊，这些树木，这些花花草草。虽然没有悠久的历史，但是在这钢筋水泥铸造的城市，每一个池塘、每一片湖泊、每一座花园都孕育着城市清新美丽的生活。

我喜欢徒步去往百木园对外开放的那条幽深的小路，那里充满森林的气息。

夏日，垂柳从围墙上探出头，被一团团晨雾包裹，像个谜团，使你情不自禁地眯着眼，看向那刺破谜团的光芒。林间，草尖顶着露珠，松针举起露珠，白桦树叶捧着露珠，像珍珠，骨碌碌光闪闪地滚动。小路伸向林间，如同柔软的臂弯脉络清晰自由地延展。

每一片树林的种类不同，自成风景，小松鼠钻入林间好似有意走失，与自己捉迷藏，再跑出来沐浴和煦的阳光。

转角，无关车水马龙，宽敞笔直的道路通往百花园。路旁的灰喜鹊抱着树干翻来覆去地荡秋千，落地的声音弹回来，更加响亮动听。百花园有小山丘，有平坦的花圃，一望无际的花海次第开放。从初春到深秋从未凋落。天亮时分园林工人的背影早已映入花间……园里有薰衣草、郁金香、百合花、玉兰海棠，一树树暴马丁香开得惊艳。

莲塘，硕大的莲叶托着含苞欲放的花骨朵，更有大朵大朵浅粉色的莲花随风起舞。枫树林卫兵似地耸立在百花丛中。有人倚着它拉小提琴，有人靠近它练习萨克斯。很少有人专程造访它，因为多数人都在赏花。

后记：记录原乡

于 2023 年春天，编订这部书稿。像编织一件精美的手袋，它们花去了我整整三年的时间。

要说的话太多，像春天的一粒种子在内心萌动，开花结果，长成一片稚嫩的丛林。在这几年里，内心时有隐痛，幸好有文字，每逢这个时刻，便伏案写作，完成一种释怀。

不久前，一位跟我没有血缘关系的女人突然离世，她是我的婆母。她时常说她喜欢读我的诗歌，还能背诵一首近作《雪》：

"温柔绵软地下吧，铺天盖地的大雪，一笔一笔描绘江山，缝补大地，河流，还有老树缺失那部分。扮成梨花，杏花，梅花站在枝头……"

我告诉她，很快要有新书出版，文字比诗歌长。她呵呵地笑着说："等着读。"结果，只差一个季节，她没等到这一天。因为婆母，我想到年幼和苍老，想到那些已经故去的亲人：母亲，父亲……想到世界上更多值得怀念的人。窗外繁星满天，夜空永远拥抱数不尽的星星，月光忽明忽暗，注定月亮的一生或缺或圆，总有山海相伴。

　　人生的路很长，相信每个人的经历都可以写成一部长篇小说。只是有的人写了出来，而有的人把故事带到了另一个世界。而我，也只是以片段的形式，将一切过往诉诸笔端，完成一种记录。

　　著名诗人余光中说："世上本没有故乡，只因有了他乡；世上本没有思念，只因生了离别。"

　　合上书稿，像卸下一副重担。文中无论景物或人物，无论现实或虚拟，都是曾经在我内心世界翻云覆雨的一部分。当一切成为过往，在文字里回忆、触摸与重逢，便能让心灵获得慰藉，感觉时光的流逝自有重量。

作者

2023 年 3 月 26 日